最悪最愛の婚約者

乙蜜ミルキィ文庫

最悪最愛の婚約者

目次

プロローグ

初めて大人になった日のことを、レティシア・バークはよく覚えている。

その日、鏡に映ったレティシアは昨日までの姿とはまるで違っていた。頭から爪の先まで、まるで蛹《さなぎ》が脱皮して蝶《ちょう》になったように――とまではいかなかったけれど。それでも、レティシアにとっては生まれ変わったかのような変化だった。

それまで垂らすか三つ編みにしていた黒髪は、後れ毛一本なく綺麗《きれい》に結《ゆ》い上げられた。重心が変わったせいか少し頭が重たい。細い項《うなじ》が露《あらわ》になっているせいで、背筋までがすぅすぅした。それに、生まれて初めての化粧。薄く白粉をはたき、唇《くちびる》に紅を引いただけなのに、まるで印象が違う。いい方にか、悪い方にか、それは分からないけれど。でも、自分でもちょっぴり大人っぽくなったと思う。

一歩足を引き、菫色《すみれいろ》の瞳を瞬かせ、初めて着た真っ白なドレスを上から下まで眺める。腓脛丈《ふくらはぎたけ》の子供用ドレスとは違い、スカートは足元の床に触れるほどの長さだった。体のラインを美しく見せる曲線が優美で、細く引き締まった腰からは、銀糸で薔薇《ばら》を刺繍《ししゅう》したトレーンがゆったりと流れている。胸元も大きく開いており、他の同年代の子より少し――いや、かなり――胸が大きいレティシアには、すごく恥ずかしい。

試しにちょっと歩いてみると、たっぷりと生地を使ったドレスは重く、予想していたより動きづらかった。鏡に気を取られ、ちょっとよろめくと、隣にいた母からすかさず咎《とが》めるような視線が飛んでくる。

それに気付かない振りをして、レティシアは半袖《はんそで》の腕を摩《さす》りながら言った。

「……これじゃ、寒くないかしら」

四月に入ったばかりの気候は、春の気配を含んでいるとはいえ、まだ少し肌寒い。

「上着もあるから大丈夫ですよ。それに、羽根帽子もね」

隣に控えていた母が笑いながら言った。

「それも白いの？」

「もちろん。拝謁式《はいえつしき》で身に着けるものは全て白と決まっていますからね。さぁ、お父様たちにも見せてらっしゃい」

軽く背中を押され、レティシアは頷《うなず》いた。

部屋を出て午後の日差しが差し込む廊下をゆっくりと歩く。生まれた頃から見慣れた廊下だというのに、大人のドレスで歩くそこは、まるでどこか見知らぬ場所のような気がした。

レティシアはふと家庭教師に習ったことを思い出し、引きずるトレーンを引き寄せ、腕に抱えた。二日後に控えた拝謁式は、十七になった貴族の娘たちが王族たちに拝謁する儀式だ。当然玉座の前では挨拶を控えた娘たちが列をなすことになり、待機している間や列の中を歩く間は、必ずこうしてトレーンを抱えるようにと言われている。細かいしきたりの一つらしいが、単に娘たちが転んで恥をかかないよう、しきたりとして明文化しただけなのかもしれない。

拝謁式を終えた十七の少女は、その日を境に大人の女性となる。押し込められていた子供部屋から放たれ、紳士淑女《しゅくじょ》たちが集《つど》う社交界へと招かれる——もしかしたら、未来の夫がいるかもしれない社交界へ。

レティシアはこの日を待ち望むほどませた少女ではなかったけれど、それでも特別な日を前にして、心がふわふわと浮き足だっていた。まるで大好きな冒険譚やロマンス小説を読んでいる時みたいに。

バランスを崩さないようゆっくり歩くと、スカートが床を擦《す》る音や、項を風に撫《な》でられる心地が面白かった。何気なく窓の外に目を向ければ、その向こうに春を迎えたパティオが見える。パティオの緑も、そこに咲く花々も、明るい日差しに縁どられて輝くようだ。軽やかに飛ぶ蜂《はち》も、優雅に舞う蝶も、音楽を奏でるように美しい。

レティシアは礼儀正しさと弾むようなステップが同居した奇妙な足取りで奥へ進む

と、澄ました顔で突き当たりの扉を開けた。

「おお？」

最初に振り返ったのは、レティシアの兄のトマスだった。

丁度出かける前だったのか、余所行《よそい》きの黒のチュニックとズボンを着ている。レティシアとは違い、母から濃茶色の髪と瞳を受け継いだ兄は、身長も母と同じく小柄な方だった。それはひそかに本人のコンプレックスになっているらしい。

けれど、明るく話好きでセンスもいい兄は、多くの女性たちから人気があった。

「これはこれは。どこのお姫様かと思ったぞ」

トマスは大袈裟《おおげさ》に目を丸くして言った。

にやにやとした笑みがちょっと憎たらしい。でも、これが彼なりの照れ隠しだと、レティシアはよく知っている。

「ありがとう。お兄様も素敵なお召《め》し物ね。どこかへお出かけなの？」

「ああ、ちょっと約束があってな。それにしてもよく似合っているよ。お姫様とまではいかなくても、どこから見ても立派なレディだ」

優しい瞳を向けられ、思わずどぎまぎした。

トマスがこんなに素直に褒めてくれるなんて珍しい。何か変なものでも食べたのかとからかう前に、横にいた父が言った。

「本当によく似合っているね。こんなに素敵なレディになってくれて、私もとても嬉《うれ》しいよ」

レティシアの顔がじわりと熱くなった。

トマスの大仰《おおぎょう》な褒め方は、間違いなくこの父から受け継いだものだ。もっとも、トマスの場合はからかい半分照れ隠し半分なのに対し、父の場合は常に本気だった。今年五十になる父は、外見も精神も五十とは思えないほど若々しい。

「とても可愛《かわい》いよ、レティシア。いや、可愛いでは失礼か。他の誰より美しいよ」

「あ、ありがとうございます、お父様。でも、さすがにそれは褒めすぎですわ」

「そんなことはないよ。トマスの言う通り、お姫様みたいだ」

父がしみじみ言うと、隅に控えていた使用人たちも「本当にお似合いです」「お綺麗ですわ」と次々同意した。

さすがにそこまで褒められると恥ずかしかったけれど、やっぱり祝ってもらえるのは嬉しくて、誇らしかった。いよいよ大人になるのだという確かな気持ちがあった。

一体、大人の世界はどんな景色が待っているのだろう。想像するだけで期待が大きく膨らんだ。まるであらゆる冒険譚で主人公たちが旅立つ時のように――荒波立つ海へ、新世界へ、妖精《ようせい》の国へ。時には一人で、時には仲間たちと立ち向かう彼らのように――勇ましさと希望が胸のうちに溢《あふ》れていく。

「本当にお美しくなりましたねぇ。この国に王子様がいらっしゃれば、間違いなくお嬢様を見初《みそ》められたでしょうにねぇ」

レティシアの空想が広がりかけた時、ハウスメイドのマリアがしみじみと言った。まさか、冗談にしても言い過ぎだ。レティシアは呆《あき》れたが、使用人たちどころか兄や父まで笑いながら頷いている。

(もう、皆で人のことを子供扱いして!)

いくら王子が——相当趣味の悪い王子がいたとしても、本にかじりついてばかりいるレティシアを見初めるはずがない。

そう言いかけた時、低く鼻で笑う声が聞こえた。

はっとして振り返ると、ソファーに一人の男がいた。一体なぜ今までその存在に気付かなかったのだろう。長い足を組み、我が物顔で腰を下ろしている男は、ウォルフ・ノーランドだった。

「……ウォルフ?」

レティシアは呆然《ぼうぜん》として呟《つぶや》いた。

ウォルフはトマスの友人であり、ウォルフの父ノーランド侯爵《こうしゃく》とレティシアの父バーク伯爵も古くから親交があった。だからここにいても不思議ではないのだが、彼に会うのは本当に久しぶりだった。

ゆっくりと立ち上がったウォルフは、レティシアのすぐ目の前に立った。短く切った灰色の髪も、淡い碧眼《へきがん》も昔と変わらない――それ以外は、まるで変わっていた。背丈は見上げるほど伸び、ひょろりと細かった体軀《たいく》は驚くほど鍛え上げられ、肩幅も胸の厚みもがっしりしていた。それでも粗野な印象がないのは、ますます端整になった顔立ちと仕立てのいい服のせいだろう。洗練された隙《すき》のない佇《たたず》まいは優雅さと自信に満ち溢れ、トマスと同じ二十二歳とは思えないほど貫禄があった。まるで鋭い空気を纏《まと》っているようで、近くにいるだけなのに気圧《けお》されそうになってしまう。

「お久しぶりです、ウォルフ」

レティシアはスカートを抓《つま》んで挨拶した。

返事はない。ウォルフは腕を組んだまま、不躾《ぶしつけ》なくらいレティシアをじろじろと見つめている。

困惑したまま愛想笑《あいそわら》いを貼り付ける。改めて間近で見ると、ウォルフは息を吞《の》むほど美しかった。白い肌に影を落とす長い睫毛《まつげ》。形よくすっと整った鼻立ち。肌理《きめ》の細かい頰《ほお》に、引き締まった鋭い顎《あご》。

レティシアにとってウォルフは幼馴染《おさななじみ》みたいなものだが、幼い頃のウォルフはとっても意地悪で、乱暴者で、レティシアはよく泣かされた。でも、今のウォルフはまるで物語に出てくる王子様みたいだった。

熱っぽい視線にさらされ、レティシアの鼓動が落ち着かなくなる。彼は今日のレティシアをどう思っているのだろう——胸の奥がそわそわとした時、ウォルフはまた鼻で笑って言った。

「お前が王子に見初められる?」

小馬鹿にした声音だった。

レティシアは恥辱で顔が熱くなるのを感じた。さっきの冗談を真に受けたつもりないのに、そんな言い方はあんまりだ。

だがウォルフは、レティシアの反論を聞く前に呆れたように肩を竦《すく》めた。

「お姫様ね。それにしては少しばかり……いや、かなり品が足りないな」

「な……!」

「もう少しまともに着こなせるかと思ったが、そのドレスは似合っていないな。お姫様というより、道化という方が合っているんじゃないか。ぶすはぶすなりに身の丈に合った格好をした方がいいぞ。大体、その胸元は——」

ウォルフはさらに続けたが、レティシアは聞いていなかった。

歯を食いしばってこみ上げる衝動を抑え、踵《きびす》を返し、部屋から飛び出した。誰かが後ろで何か叫んでいたが、長いスカートを捲《まく》り上げて靴が脱げるのも構わず走った。

自室に飛び込むと、レティシアは扉に凭《もた》れて蹲《うずくま》った。先ほどまで心を満たしていた喜びと期待は粉々に砕け散っていた。その残滓《ざんし》が涙となって零《こぼ》れ落ち、真新しい白のドレスをぽたぽたと汚していく。悔しさと悲しさが激しく胸を突き刺して、苦しくてたまらない。

酷《ひど》い――いくら何でも、酷すぎる。腹の底から怒りが湧いて、でもふいに恐ろしい予感が過《よぎ》った。初めての正装に浮かれていたけれど、もしかしたらウォルフの言う通りあまりにみっともない姿だったのだろうか。そうでなければ、あんなに酷いことを言われるはずがない。思えば、レティシアも鏡に映った自分には少し違和感があった。それは初めての姿で見慣れないせいだと思っていた。でも、本当はあまりに似合わない格好だったのを、心が自分の目を欺《あざむ》いてごまかしていたのかもしれない。

レティシアは両手で顔を覆った。今すぐ消えてしまいたい。あの部屋にいた全員の記憶をなくしてしまいたい。

必死でそう願ったけれど、叶《かな》うはずなどなかった。

第一章　プロポーズは舞踏会で

久しぶりに参加した舞踏会は、近年にないほど豪華なものだった。

老若男女、名門貴族から有名作家まで、集まった顔触れも様々だ。天地創造が描かれた半球型の高い天井の下、煌《きら》びやかなシャンデリアが談笑する人々や宝石の輝きを照らし、モザイク柄の絨毯《じゅうたん》に淡い影を落としている。

レティシアはシェリー酒の入ったグラスを傾けながら、壁に背を預けて広い室内を見渡した。

優美な音楽が流れる中、部屋の中央では貴族の若者たちが飽きもせずにくるくると踊っていた。通常、舞踏会では男性側が女性にダンスを申し込むため、人気の女性のパートナーは一曲ごとに変わっていた。かすかに聞こえてきた会話によれば、本日大人気の令嬢は軽食の時の相手も、レモネードを飲む時の相手も別の男性に誘われているらしい。

もてるというのも中々大変だ。壁の花と化したレティシアには縁のないことだけれど。

「あの子のパートナーは、もう三人目だな」

隣に立っていたトマスが、唸《うな》るように言った。

レティシアはこっそりとため息を吐いた。どうして今日のお目付け役がよりによって兄なのだろう。トマスはお目付け役候補の中で、一番口うるさいのだ。

「お兄様。そんなに他の方をじろじろ見るものではないわ」

「勝手に目に入ってくるんだよ。ああいう女性は常に男たちに囲まれているからな。いいか、お前も少しはあんな風に――」

くどくどと始まった説教を、レティシアはそっと聞き流した。

グラスを傾けてシェリー酒を飲む。美味《おい》しい。お酒もかなりの上物だ。できれば隣の部屋で軽食もつまみたかったが、この分ではトマスが見逃してくれないだろう。

「全く、お前は何のために舞踏会に来たんだ？　年若い未婚女性が壁の花になっているなんて、どれだけ不名誉なことか分かっているだろう」

「そんなことを言われても、誘ってくれる男性がいなくてはどうしようもないわ」

頬を膨らませて反論する。実を言えば男性に興味が持てないのだけれど、誰からも誘われないのは事実だ。

「ああ、そうだな。だけどどうしてお前が誘われなくなったか、覚えがないか？」

「それは――……私に魅力がないからでしょう？」

一瞬、二年前の悲しい記憶が過り、胸の奥がつきんと痛んだ。

ぶすとはっきり言われた、あの日――うぬぼれていたレティシアにぐっさりと断罪が下った日。

「あのなぁ。まだあのことを気にしているのか？　お前は他の誰より魅力的だって何度も言っているだろう」

怒られて、ぷにりと頬を抓《つね》られる。

相変わらず身内に甘いと思うけれど、トマスの言葉は落ち込んだ気分を優しく温めてくれた。トマスは二年前のあの日も、傷ついたレティシアを一生懸命慰めてくれたのだ。

「それより問題なのはお前の態度だよ。態度というか、お前の趣味が原因なんだ」

「……趣味？」

「お前は少し本を読みすぎだ」

まるで聞き分けの悪い子供を諭《さと》すような声音だった。

レティシアは逃げるように目を伏せた。確かに、子供の頃から本は好きだ。冒険譚、ロマンス小説、神話、民間伝承、詩集、随筆、レシピ本――それが本であれば、どんなものであろうと読まずにはいられなかった。

初めのうちは、本を読むことを褒められた。でも、レティシアが大きくなるにつれ、周囲はレティシアの活字中毒に眉《まゆ》を顰《ひそ》めるようになった。貴族の女性には教養が必要だが、必要以上の——言い換えるなら、男性以上に知識を得ることは、はしたないというのだ。

両親もトマスも、レティシアが本を読むことには反対していない。ただ、口さがない人たちに何か言われることを心配し、本のことは外で話さないように、と注意されている。レティシアはその言いつけを守っているつもりだが、どこからか漏《も》れてしまったのか、どの舞踏会や晩餐会《ばんさんかい》に行っても遠巻きにされることが多かった。時にはこれみよがしに陰口を叩《たた》かれ、くすくすと笑われることもあった。

「……どうして女は本を読んではいけないのかしら」

ぽつりと零した声には、かすかな悔しさが滲《にじ》んだ。

トマスは難しい顔で頭を掻《か》いている。「俺はいいと思うけどなぁ」と慰めるように言った。

「二ヶ月前にお前をダンスに誘ってきた男を覚えているか？『星が生まれましたね』って気障《きざ》なことを言ってきた奴《やつ》」

聞かれてすぐに頷いた。

トマスが言った『星が生まれましたね』という言葉は、文豪ヘッツェルが訳した古典文学の一説だ。本来は「あなたは私の運命の人です」という意味の言葉を、美しい粋な言葉で訳したと言われている。そのロマンチックな響きと言葉の選択の面白さから、異性を口説《くど》く際によく使われる有名な文句となった。

だが、実を言うとヘッツェルが『星が生まれましたね』と訳したという資料はどこにも残っていないのだ。ヘッツェル研究家たちもこの訳がヘッツェルのものではないと断定し、その調査結果を記した論文を出している。だが、いまだにこの誤解は解けず、貴族たちの間に広まったままになっている。二ヶ月前に声をかけてきた男性にもそう説明して訂正したのだが、彼はむっと顔を顰《しか》め、すぐに立ち去ってしまった。

「貴族の男は無駄にプライドばかり高いんだ。ああやって間違いを指摘されると、自分の誤りを認めないで腹を立てる。それが女性からなら尚更《なおさら》なんだろう」

「私、そんなに知識をひけらかすような言い方をしてた……？」

「いや、全然。でも、お前がどんなに下手《したて》に出ても関係ないんだよ。言われる方の問題だからな」

レティシアは黙り込んで踊る人々をじっと見つめた。

多分、トマスの言う通りなのだろう。納得はできないけれど。あの時だって、レティシアはただ男性とヘッツェルのことを語りたかっただけなのだ。そんな単純なことがなぜ許されないのか、レティシアには分からない。

「ともかく、早くいい男を見つければいいんだ。それで早く結婚して、姪《めい》っ子か甥《おい》っ子の顔を見せてくれ」

いきなり話が戻ってきて、レティシアはぷくりと頬を膨らませた。結婚どころかダンスに誘われることすらないのに、どうしろというのだろう。

「子供が欲しいなら、お兄様が早く結婚すればいいじゃない」

「俺はお前似の子供が見たいんだよ。きっと可愛いだろうなぁ」

「もう、勝手なことばっかり言って……」

呆れながら使用人に空いたグラスを返した時、突如会場が色めき立った。

最初はレティシアもトマスも気にしていなかった。舞踏会ならば小さな騒ぎは珍しくない。けれど、ざわめきは一向に収まる気配はなく、時折若い女性の甲高い声も聞こえてくる。

トマスと顔を合わせたレティシアは、何気なく騒ぎの方へ目を向けた。

部屋の入り口に多くの人が集まっている。その中心に誰かいるらしい。周りに群がる人々が笑っているところを見ると、喧嘩《けんか》のような騒ぎではなさそうだ。

「誰か来たのかしら？」

「そうらしいな……——げっ」

目を細めていたトマスが、急に渋面になって呻《うめ》いた。

どうしたのだろう。尋ねる前に入り口の群れが移動し始めて、その隙間から見覚えのある顔を見つけた。

レティシアは息を呑んだ。あれは――……間違いない。一年ぶりに見かけた、ウォルフ・ノーランドだ。

途端に鼓動が乱れ、硬い石を飲み込んだように息が苦しくなった。小さく震える指先を、強く握りしめて押さえつける。久しぶりに見たウォルフは、記憶の中にある姿よりもさらに逞《たくま》しく、鋭利な空気を纏っていた。強烈で、周囲を圧倒するような、恐ろしいほどの存在感。

「大丈夫か？」

レティシアの怯《おび》えに気付いたのか、トマスが心配そうに言った。

小さく息を吐いてからこくんと頷く。大丈夫、ウォルフはこちらに気付いていない――たとえ気付かれたところで、レティシアのことなどわざわざ気にかけないだろう。そう思えば少しだけ呼吸が楽になった。

それにしても間が悪い。一年前、健康問題を理由に隠居した先代ノーランド侯爵から家督を継いで以来、ウォルフは滅多に舞踏会や晩餐会に現れなくなったと聞いていた。だから安心してここへやってきたのに、よりにもよって鉢合わせしてしまうなんて、何て運がないのだろう。

「あの野郎。呑気《のんき》に舞踏会になんて来やがって……。ようやく家のことが落ち着いたらしいな」

トマスは複雑な表情で呟いた。

「挨拶してきたら？　私は大丈夫だから」

「馬鹿を言うな。可愛い妹を傷つけた野郎と話すつもりなんかないね」

腕を組み、吐き捨てるように言う。

兄の気持ちは嬉しいけれど、ウォルフとトマスは元々仲のよい友人だった。早くに亡くなった父親に代わり、二十三という若さで名門貴族の家督を継いだウォルフのことを、ひそかに心配していたはずだ。

深呼吸してからそっとウォルフを盗み見る。離れているのではっきりとは見えないけれど、顔色は悪くなさそうだ。二年前、あんなことを言われたせいで今もウォルフのことは怖いし、苦手だけれど、ノーランド家当主となった聞いた時には、レティシアも彼を心配した。頼りになる父を早くに亡くし、先代当主はとても厳格な人だと知っているからだ。

（私が心配したところで、余計なお世話かもしれないけれど……）

実際、ウォルフは有能な男だった。周りは年若い当主にあれこれと言っていたけれど、屋敷も領地も見事に掌握し、王の覚え目出たいという噂《うわさ》だ。

そんな男が久しぶりに舞踏会に出てくれば、女性たちが色めき立つのも当然かもしれない。若いノーランド侯に取り入ろうとしているのか、囲む人の中には男性の姿もちらほらと見える。当のウォルフはせっかくの美貌《びぼう》をにこりともさせず、舞踏会に招かれたというより会議へ出席しに来たような風情だ。

頬を赤らめてウォルフを眺めていた女性たちが、あの冷たい態度もたまらないと体をくねらせた。

「すっかりあいつが主役だな」

トマスが苦々しく呟いた時、近くで「全くだね」と声がした。

驚いて振り返ると、レティシアのすぐ横にたれ目男性が立っていた。年は二十代半ばぐらいだろうか。ウォルフと同じくらい背が高い。輝くような金髪が緩やかに波打ち、鳶色《とびいろ》の瞳がじっとレティシアを見つめている。爽《さわ》やかで端整な顔立ちには親しみやすい笑顔が浮かんでいた。

「やぁ。久しぶり」

男はひらりと手を振って言った。

「何だ、お前かよ」

「何だとは酷いなぁ。久しぶりに会った同級生に対して、もうちょっと感動的な挨拶

「はないのかい？」

「ないな、そんなもの」

トマスはふんと鼻を鳴らすと、レティシアを振り返って言った。

「レティ、こいつを覚えているか？」

「あ、はい。ハロルド・ベックウィズ様……ですよね？」

頷いたものの、少し自信がなかった。

確かトマスの学生時代の同級生で、ベックウィズ公爵家《こうしゃくけ》の長男だったと思う。半年程前に一度屋敷に遊びに来たことがあるのだが、軽く挨拶をしただけでまともに話したことはなかった。

「覚えていてくれて嬉しいよ！　ますます綺麗になったねぇ」

ハロルドはぱっと笑顔を浮かべてレティシアの手を力強く握りしめた。

「あ、ありがとうございます。あの、手が……」

「今日は素晴らしい日だ。中々こうした場に出てこない君にやっと出会えたんだからね。面倒なお目付け役がついているのは残念だけど、そこは我慢しておくよ」

「はぁ、えっと、その……」

レティシアが真っ赤になって困っていると、トマスがハロルドの手をべりっと引きはがしてくれた。

「おい、いつまで触っているんだ。俺の妹だぞ」

「おっと、これは失礼。つい嬉しくってね」

ハロルドは無邪気に笑って言った。

レティシアはぎこちない笑みを返しつつ、そっとトマスの背に隠れた。悪い人ではなさそうだが、押しの強い人と話すとどうしていいか分からず困ってしまう。

「それで何の用だ？　レティをダンスに誘いに来たのか」

「お、お兄様……！」

レティシアは慌ててトマスの腕を引いた。

どう見てもハロルドはダンスの相手に困るタイプではない。案の定、ハロルドはきょとんとしてしまった。

（もう、恥ずかしい……！）

まともにハロルドを見られず、トマスの肩にぎゅっと顔を埋めた。

ハロルドはくすくす笑っている。ますます羞恥がこみ上げて、レティシアはほとんど涙目になった。

「可愛らしい人だなぁ。トマスがこれほど大切にするのも分かるよ」

「だろう？」

トマスはなぜか得意げだった。

「ダンスもお誘いしたいところだが……実は、大事な話があってね」

「話だと？　何もこんなところで言わなくてもいいだろうが」

「違う違う。お前じゃなくて、レティシア嬢にだよ」

ハロルドは笑って言った。

驚いたレティシアが顔を上げると、ハロルドは優しい眼差《まなざ》しでこちらを見ていた。微笑《ほほえ》んではいるが、目には真剣な光が滲んでいる。どうやら冗談ではないらしい。

困ってトマスを振り返る。トマスは怪しむようにハロルドを睨《にら》んでいたが、ひとまず静観するつもりなのか、黙って腕を組んでいた。

「実は、君にお願いがあるんだ」

「お願い……ですか？」

レティシアはますます困惑した。

普通、たった一度会っただけの相手にお願いすることなどあるだろうか。それに何の取り柄もない自分にできるようなことがあるとは思えない。けれどハロルドは目を輝かせ、「聞いてくれるかい？」と迫ってくる。

急にハロルドが怖くなり、後ろに一歩下がった時だった。

いきなり腕を引かれた。倒れかけた瞬間、誰かがしっかりとレティシアを支えてくれた。

目を白黒させながら恐る恐る振り返る。なぜか嫌な予感がした――背筋がぞくりとするくらい、嫌な予感が。

操られたように見上げた先に、ウォルフの端整な顔立ちがあった。

レティシアは息を呑んだ。冬の海のように冴《さ》え冴《ざ》えとした淡い碧眼が、じっとこちらを見下ろしていた。

「あっ……」

胃の腑《ふ》のあたりがぐっと苦しくなり、膝《ひざ》が小さく震えた。

ウォルフの顔には何の表情もない。笑顔も、二年前みたいな意地悪な顔も。不気味なぐらい静かで、ただまっすぐにレティシアだけを見つめている――それが余計に恐ろしかった。

「おい、何しに来た」

怯えたレティシアに代わり、トマスが怒りを込めて言った。

その瞬間、ウォルフは我に返ったようにトマスを振り返った。

「何だ、お前もいたのか」

「いるに決まっているだろう。それより何のつもりだよ」

「見ての通り、ダンスの誘いに来ただけだが？」

ウォルフは鼻で笑って言った。

それなら早く踊りに行けばいいのに、どうしてレティシアの腕を掴《つか》んでいるのだろう。早く離してほしい。でも、緊張と恐怖でうまく声が出ない。

ぷるぷる震えていたら、「行くぞ」と腕を引っ張られた。

ひえっ？　と間の抜けた声を上げ、そのままずるずると連れていかれる。レティシアはあんぐりと口を開けて焦った。これは一体どういうことだ。なぜ、ウォルフに連行されているのだろう。

助けを求めるように振り返ると、ぎょっとしたトマスが慌てて追いかけた。

「おい、何しているんだ！」

「俺はこいつをダンスに誘っただけだが？」

くい、とウォルフは顎でレティシアを示した。

今の会話のどこにダンスの誘いがあったのか。そもそも了承したつもりもない。もしかしたら、ダンスの誘いと言いながら、また苛《いじ》めるつもりなのか——怖い想像ばかりが頭の中を駆け巡り、頭から血の気が引いていく。

「おい、レティを離せよ。怯えているだろ」

「ただ踊るだけだ。何を怖がることがある？」

「お前、レティに何をしたのか忘れたのか？」

トマスは険しい顔でウォルフを睨んだ。

ウォルフも堂々と睨み返す。胸を張って向かい合う二人の間に、ぴりぴりするほどの空気が張り詰める。

不穏な気配を察したのか、周囲の人々も振り返り始めた。何事だ、とざわめきが広がっていく。レティシアは慌てて二人の間に入った。こんなところで騒ぎを起こし、二人の名誉を傷つけるわけにはいかない。

「待って！　わ、私でよければ、ダンスをお受けしますから」

「レティ！」

トマスは咎めるように叫んだ。

無理やり笑みを浮かべ、「私なら大丈夫だから」とトマスをなだめた。本当は怖かったし、足元は震えていた。でも、ここは大勢の人がいる舞踏会だ。いくらウォルフだっておかしなことはしないだろう。そう自分に言い聞かせ、何とか気力を奮う。

「なら問題ないな。行くぞ」

ウォルフは傲慢《ごうまん》な態度で言い放つと、再びレティシアの腕を引いて歩き出した。

レティシアが逃げ出すとでも思っているのか、握りしめる力は紳士とは思えないくらい強かった。泣きそうになっているレティシアの顔に、周囲の視線がちくちくと刺さる。どこからか「羨《うらや》ましい」と囁《ささや》く声も聞こえてきたけれど、羨ましいことなど何もない。できることなら代わってほしい。

まるで罪人として引き立てられる気分で、レティシアはウォルフに連行されていった。

ヴァイオリンが美しい旋律を奏で、ワルツが始まる。

一部の乱れもないリズム。シルクのように滑らかで美しい旋律。向かい合った男女が呼吸を合わせてステップを踏み、鮮やかなドレスが軽やかにひらめく。

踊る人たちはみな上品な笑みを浮かべ、優美なダンスを楽しんでいた——ただ一組を除いて。まるでその一組だけが、レクイエムを伴奏にしているかのように。

「……おい」

ウォルフは険しい顔で唸った。

その瞬間、レティシアの肩がびくりと跳ね、乱れた足がウォルフの足を踏みつけた。

ウォルフがぴくりと眉を吊《つ》り上げ、視線がさらに鋭くなる。

（ひっ！）

心の中で叫び、慌てて足をどけようとした。

だが、焦るあまりにどけるどころかヒールで足の甲を踏んづけてしまった。かなり痛かっただろうに、ウォルフはびくともしない。淡々とダンスを続けながら、レティシアをじっと見下ろしている。

レティシアはほっと息を吐いた。周りの目があるから怒らないのだろうか――でも、重苦しい無言も怖い。

その後のステップも散々だった。まだ一曲も終わっていないのに、すっかり息が上がっていた。おかしい。ダンスとはこんなに疲れるものだったろうか。でも、今までずっと避けていた男といきなり密着しているのだから、優雅に踊れるわけがない。

「……下手《へた》だな」

十回ほど足を踏まれた頃、ウォルフが言った。

「ご、ごめんなさい……」

「緊張だけでこれほど壊滅的になるとは思えんが。最近踊っていないのか？」

レティシアはぐっと言葉に詰まった。

嘘《うそ》を言ってごまかそうか。そう思ったものの、見栄《みえ》を張るのはもっと恥ずかしかった。それに、どうせウォルフは見抜いているのだろう。

「……誘ってくれる人が、いないので」

「なるほど。寂しい女だな」

ウォルフは憐《あわ》れむように笑った。

やっぱり馬鹿にされている。レティシアは真っ赤になった顔をぷいっと逸らした。自分に魅力がないことを知っていても――トマスはレティシアの本好きが男性を遠ざけているのだと言っていたけれど――他人に嗤《わら》われるのは辛《つら》い。

「さっきの男は違うのか？」

「彼はお兄様のご同窓よ。少しお話ししていただけ」

レティシアは小さく首を振った。

できることならダンスに誘いたいと言っていたのは、多分世辞だろう。胸の痛みがレティシアを自棄《やけ》にさせ、思い切って尋ねた。

「……ウォルフこそ、どうして私なんかを誘ったの。あなたなら踊ってくれる人ぐらいいるでしょう？」

「誘いたい女がいなかったからな。興味はないが、一曲ぐらい踊らないと周りがうるさいんだ」

「だったら、別に誰でもいいと思うけれど……」

「誰でもいいからお前を誘ったんだ。少しは感謝しろよ？　お前みたいなぶ……ダンスが下手な女を誘うような男は、俺ぐらいしかいないだろうからな」

ウォルフは見事なステップを踏みながら言った。

勝手に誘っておきながら何て恩着せがましいのだろう。それより今、ぶすと言いかけなかっただろうか。もんもんとした気持ちが消えず、ダンスにも集中できなくて、ステップはさらにがたがたになった。

ウォルフはそれ以上レティシアのダンスについて何も言わなかった。淡々と踊る間に、演奏が静かに盛り上がっていく。

その頃になると、レティシアもようやく勘を取り戻して踊っていた——それ以上にウォルフのリードが素晴らしかった。認めるのは複雑だけれど、すごく踊りやすい。苦手なターンも、もたれがちなステップも、ウォルフのさりげない誘導でスムーズに流れ、久しぶりにダンスの楽しさを思い出す。元々ダンスは好きだったけれど、ずっと踊ってくれる人がいなかったから、この心地よさを忘れていた。思わず頬が緩みそうになり、慌てて顔を引き締める。

ワルツが終盤に差し掛かった時、近くで踊っていた組が急接近してきた。

一瞬焦ったレティシアを、ウォルフはぐっと引き寄せた。そのまま強引なステップを踏み、接触を避けて通り過ぎる。

二人の体がさらに密着し、ウォルフの纏う香水の香りが鼻先を掠《かす》めた。森のように心落ち着く、爽やかで少し甘い香り。

触れ合った体は逞しく、鍛え上げられた力強さを感じた。レティシアの腰を支える大きな手は労《いた》わるように優しかった。見上げるウォルフの横顔に子供の頃の面影《おもかげ》はない。もうすっかり大人の男だ。そう思ったら急に胸がどきどきして、顔を見るのが恥ずかしくなった。

「お前……」

ウォルフが何か言いかけた時、演奏が止まった。

踊りを終えた人たちが拍手をする。レティシアもウォルフから離れ、動揺を隠すようにうるさいくらいに手を叩いた。

「……おい。ジョーイ伯の舞踏会には出るのか？」

去り際、ウォルフが言った。

レティシアは頷いた。あまり乗り気ではないのだが、トマスからちゃんと出るようにときつく言われていた。

「それなら、俺と踊れ」

「え？」

「踊る相手がいないんだろう？　酷いステップを修正するためにも、俺が付き合ってやる」

「で、でも……」

うろたえている間に、ウォルフはまた人に囲まれてしまった。

レティシアは人の群れに弾《はじ》かれるようにしてその場を離れた。ぼんやりしたまま壁際に立ち、主催者の公爵と話すウォルフを眺める。相変わらず愛想のない顔だけれど、ダンスの時よりもつまらなそうに見えた。

今の言葉は本気なのだろうか——だとしたら、なぜ？

多分、気紛れなのだろう。ウォルフが言った通り、他の女性だと色々面倒なのかもしれない。たとえそうだとしても今日のダンスは楽しかった。また彼と踊りたいと思うぐらいに。本音を言えばまだ少し怖いけれど——普通の男性なら避けるようなレティシアを誘ってくれたことが、自分でも困惑するくらい嬉しい。

（でも、また傷つけられたら……？）

ふいに心の底から怯えるような声がした。

二年前のことを思い出しそうになり、ゆるりと首を振る。きっと二年も経てば人は変わる。少なくとも今日のウォルフは紳士的だった。怯えてばかりいてはだめだ。これ以上卑屈にならないためにも、ウォルフとの関係を修復するためにも。

「あ、いたいた」

その時、背後から声がした。

振り返ると、向こうからハロルドがやってきた。傍《そば》にトマスの姿はない。レティシアが問う前に全て察したのか、ハロルドは苦笑しながら言った。

「トマスなら妙齢の女性に捕まっていたよ。あれは多分誰かのお目付け役だな。バーク家の長男を是非自分の娘にって張り切っているんだろう」

「はぁ……」

レティシアはそっとトマスに同情した。ウォルフほどではないが、トマスも女性に人気がある。バーク家はそこそこ名の知れた家だし、トマス自身も明るい好青年だと評判だった。

「ところで、さっきのダンスを見ていたよ。彼とお似合いだったね」

ハロルドはにっこりと笑った。

最後の方はともかく、あれほどぎくしゃくとしたダンスもなかったと思うが。何と答えていいか迷っていると、ハロルドは探るような目つきを向けてきた。

「……もしかして、彼とは許婚《いいなずけ》か何かかい？」

「ち、違います！」

咄嗟《とっさ》に大きな声が出て、周りの人たちが振り返った。

レティシアは慌てて「失礼しました」と謝り、深く俯いた。頬が燃えるように熱い。

両手で顔の赤みを押さえて、ゆっくりと深呼吸する。

（私がウォルフと、なんて……）

そんなことはありえない。色んな意味を含めて。

ゆっくり顔を上げると、ハロルドは申し訳なさそうに「ごめんごめん」と謝った。でも、その声音はどこか面白がっているようだ。

「彼と関係がないのなら、気兼ねはいらないかな」

ハロルドは独り言のように呟いた。

ふと、先ほどハロルドから頼みがあると言われたことを思い出す。その話のためにレティシアを探していたのだろうか。急に心細くなってトマスを探したが、頼れる兄の姿はやはり見つからない。

「そんな怯えないでくれ。とって食おうというわけじゃないんだ」

ハロルドは苦笑して言った。

「い、いえ、あの、申し訳ありません」

「まぁ変な言い方をした俺が悪いんだけどね。ところでさっきのお願いなんだけど、聞いてくれるかな？」

「私にできることならお手伝いいたしますが……」

何の取り柄もない自分に、できることなどあるだろうか。

その心の内が顔に表れていたのだろう。ハロルドは優しい笑みを浮かべると、「もちろんできるよ」と頷いて言った。

「お願いというのはね——俺と結婚してほしいんだ」

第二章　湖畔《こはん》の訪問者

庭での読書は、レティシアの一番お気に入りの時間だ。

けれど、今はどれだけ文章を追っても全く頭に入ってこなかった。諦めて本を閉じ、ベンチの背凭れに体を預ける。大きく伸びをすると、柔らかな春の風が頬をくすぐった。

「ふぅ……」

午後の暖かな日差しが、疲れた瞼《まぶた》に心地よい。

屋敷の中庭はまさに春を謳歌《おうか》していた。母が手ずから手入れをしている庭は春の花々が咲き乱れ、綺麗に整えられた庭木は瑞々《みずみず》しい緑を滴《したた》らせている。レティシアは子供の頃からこの庭が大好きだった。甘い花の香り、風の通る心地いい木陰、木の上で高らかに歌う、小鳥たちの声。

「レティシア、今いいですか」

ぼんやり庭を眺めていると、父がやってきた。

立ち上がりかけたレティシアを制し、隣に腰を下ろす。レティシアの膝の上にある本に気付くと、ふっと頬を緩めた。

「結婚の歴史、ですか。面白いものを読んでいますね」

「あ……ちょっと、気になってしまって」

レティシアも栞《しおり》を挟んだ本に目をやった。

百年経った苔《こけ》のような色をした表紙には、金色の文字で『結婚の歴史』と刻まれている。著者はあまり名の知られていない歴史学者だ。目次によれば古代から現代の結婚に関するしきたりや概念、世界各地の結婚形態、過去の偉人たちの結婚生活など、結婚にまつわる様々なことが纏められているらしいのだが、まだ一章すら読み終わっていない。

「レティシアも結婚に興味を抱く年頃ですか。もう少し手元に置いておきたかったんですけどねぇ」

「えっ、あ、別にこれはそういう意味で読んでいたわけじゃ……！」

慌てて首を振ると、父はくすくす笑った。

「ええ、分かっていますよ。あなたは結婚を夢見るより、結婚に関する本を読む子ですからね」

「それは……否定しませんけど」

レティシアはむぅっと頬を膨らませた。父の言い方では、まるで人間味のない女のようだ。

「私だって、少しは結婚について考えているんですよ」

「おや珍しい。もしかして好いた人でもできましたか？」

「えっ？」

レティシアはきょとんと目を瞬かせた。

そんな人はいない。首を振ろうとした時、一瞬ウォルフの顔が浮かんだ。

まさか。なぜ今ウォルフを。驚きと恥ずかしさがない交ぜになった感情が湧き上がり、レティシアは勢いよく頭を振った。そのせいで頭に血が上り、くらくらして、鼓動までが早鐘を打った。

好き――そんなはずはない。だってウォルフには、二年前にあんな酷いことを言われたのだ。先日の舞踏会でハロルドが変なことを言うから、おかしな風に意識してしまっただけだ。

「では、想い人はいないのですか？」

「い、いません！」

レティシアは叫ぶように言った。

その勢いに少し驚いたようだったが、父はうんと頷いた。何を考えているのか、腕を組んで風に揺れるハナモモの花を見つめている。

やがてゆっくり息を吐くと、レティシアを振り返って言った。

「実は、君に結婚話が来ています」

レティシアは目を見開いた。

まさか本当に来るなんて――しかも、こんなに早く。

膝の上の本をじっと見つめる。思えばこれが人生初の縁談だった。でも、ロマンス小説のように甘酸っぱい気持ちはない。父はレティシアの難しい顔をどう思ったのか、心配そうに眉を寄せている。


――俺と結婚してほしいんだ。


一週間前、舞踏会で起きたことを思い出す。

あの求婚の後、ハロルドは苦笑してこう続けたのだ。


――でも、ごめん。先に謝っておくね。

謝られても、意味が分からなかった。

ハロルドもそれは分かっていたらしく、改めてレティシアに求婚した理由を説明してくれた。完全に理解しているとは言い難《にく》いけれど、つまり彼は、レティシアに仮面夫婦になってほしいと言ったのだ。

——実は、何より大切な子がいるんだ。

ハロルドは照れくさそうにそう言った。

ならばその女性と結婚すればいい。レティシアはそう思ったのだが、ハロルドの大切な人とは、十六歳になる腹違いの妹だという。

驚きのあまり何も言えずにいると、ハロルドは慌てて恋愛的な意味ではない、と否定した。彼の妹は実父とメイドの間に生まれた不義の子だという。メイドは子供を産む前にハロルドの母に追い出され、母子二人だけの貧しい生活を送っていた。働きづくめだった彼女は体を壊し、ハロルドの妹が八歳の時に若くして亡くなったのだが、何の因果か同じ年にハロルドの両親も事故で亡くなったという。

——家族がいなくなって、俺も寂しかったのかもしれない。ある日ふと思い立って、妹に会いに行ってみた。そうしたら、驚いたよ。あの子はスラム街の片隅で針仕事をしながら暮らしていたんだ。あれほど劣悪な環境にありながら、妹は逞しく日々を過ごしていた。俺はすぐに身分を明かし、彼女を引き取ったよ。最初はちょっとぎくしゃくしたけどね。

――妹には、苦労をかけた分俺以上に幸せになってほしい。だから、俺の妻となる人には、俺と同じくらいかそれ以上に妹を大切にしてほしいんだ。でも、それは中々難しいみたいでね。それどころか、俺から妹を遠ざけようとする奴ばかりだった。

困ったものだと肩を竦めるハロルドには、かすかに苛立《いらだ》ちが見えた。

でも、レティシアには結婚候補となった女性たちの気持ちも分かる気がした。いくら義理の妹になる子とはいえ、ハロルド以上に大切にしろと言われても難しい。ハロルドが妻となる女性より妹を優先するとなれば尚更だ。彼女たちを責めるのは酷だと思う。

ただ、その話を聞いてもレティシアに求婚する理由が分からない。ハロルドの妹に対しては確かに不憫《ふびん》だし、幸せになってほしいと思う。でも、会ったこともない相手に対し、実兄以上に大切にするのは難しい。

そう訴えれば、ハロルドはあっさりと「そうだろうね」と頷いた。

――だから、妹を大切にしてくれる女性は諦めたんだよ。その代わり妹をそっとしておいてくれる相手を妻にしたいんだ。そのためには仮面夫婦になるのが一番だろう？　トマスから聞いたんだけど、君は本が好きで、そのせいで結婚に縁がないそうだね。だからもし形だけでも結婚したい気持ちがあるなら、俺と結婚しないか？

もちろんいくら本を読んでくれても構わない、とハロルドは言った。

レティシアはすぐに答えることができず、考えさせてほしいと答えた。それから今日まで、ハロルドとの結婚について考え続けている。

結論はいまだ出ていない。でも、ハロルドが言っていたようにこの縁談は悪くない話だと思う。

レティシアが本を読み続ける限り、結婚相手は近寄ってこないだろう。あるいは、結婚した途端に本を読むことを禁止されるか。もし読書ができなくなると考えたら、己《おのれ》の尊厳の一部を奪われるような暗澹《あんたん》たる気持ちになった。

（それぐらいなら、ハロルド様と結婚するのもいいかもしれないわね……）

ハロルドは少し変わっているが、悪い人ではなさそうだった。仮面夫婦になってほしいなんて滅茶苦茶だと思うけれど、全て打ち明けた上で求婚してくれたのだから、公平で正直な人だ。

たとえそれが愛のない結婚だとしても――そもそも、誰が自分を愛してくれるというのだろう？　それに、自分が誰かを愛することも想像できなかった。

「……レティシア？　どうかしたのですか？」

父の呼びかけに、はっと我に返った。

いつの間にかずいぶんぼんやりしていたようだ。心配そうな目を向けられ、慌てて「何でもないです」と言った。

「いきなりのことで驚いたでしょう。こういうことはちゃんと段取りをつけて進められるのですが……全く、先方も困ったものですね」

父は額に指を当て、深くため息を吐いた。

「あ、いえ、相手の方とは一度お話ししているんです」

「そうだったんですか？　なるほど、それで今日こちらへ来ると仰《おっしゃ》っているんですね」

「えっ、今日ですか？」

レティシアは驚きのあまり声を上擦らせた。

先日話した時、返事は急がないと言っていたはずなのだが。まだ何か説明することがあったのか、それとも家の様子を見に来るのか。

「……分かりました。お会いします」

「では、二時間後にいらっしゃるそうですから、応接間に通しておきます。それまでに着替えておきなさい」

頷いたレティシアは、ふとあることに気付いて立ち上がりかけた父を呼び止めた。

「あの、湖のコテージでお話ししても構いませんか？」

「あそこですか？」

父は不思議そうに小首を傾《かし》げた。

屋敷裏の森の中には、小さいが澄んだ湖がある。その湖畔にはコテージが建てられ、夏に湖遊びなどをする時に使われていた。

ハロルドとの結婚はいわば取引だ。決して愛を誓うものではない。後ろめたいものがないといえば嘘になるし、もし家族に知られれば反対される気がした。特に、トマスなど顔を真っ赤にして怒りそうだ。

「うーん……。レティシアももう大人でしょうから、二人でゆっくり話したいというのであれば止めませんが」

唸りつつも、父はあまり賛成していないようだった。

だが、結局「分かりました」と頷いた。いつもレティシアの意思を尊重してくれる父にしては珍しい迷いだ。結婚のこととなれば、心構えが変わるものなのだろうか。

「何かあれば、すぐに言うんですよ」

立ち去る間際、父は真剣な顔で言った。

そこまで心配しなくても大丈夫ですよ、とレティシアは笑った。見たことのない父の過保護ぶりが、少し面白かった。


山小屋風に作られたコテージは、森の静けさの中で眠りについていた。

そっとドアをくぐり、自然の陽光だけが照らす廊下を歩く。去年の夏以来使っていないが、定期的にハウスメイドが掃除しているため、時が止まったように清潔だった。

「本当にお一人で大丈夫なんですか？」

レティシアについてきたメイドのジュリが困惑したように言った。

彼女は運んできた大きなバスケットを厨房《ちゅうぼう》に下ろすと、ふぅっと一つ息を吐いた。その中からお湯の入ったポットや茶葉の瓶、フルーツと焼き菓子などを手際よく出していく。

「ええ、大丈夫。あとは私がやるわ」

「そう仰るならお言いつけ通りにしますけれど……。くれぐれもお客人に失礼のないようにお願いしますよ。レティシア様は他家のお嬢様に比べればしっかりしていますけど、時々うっかりするから心配なんですよねぇ」

「そ、そんなことないもの」

レティシアはむぅっと頰を膨らませた。彼女とは付き合いが長いため、まるきり遠慮がない。

最後までくどくど注意した後、ジュリはコテージから去っていった。

レティシアはリボンのついた帽子を掛けると、久しぶりに訪れたコテージの居間をぐるりと見渡した。大きな暖炉《だんろ》も、その上に飾られた民族衣装姿の人形たちも懐かしい。ここは亡くなった祖父が晩年によく過ごしていた場所で、少し艶《つや》のあるダークブラウンの家具は古くから受け継いできた歴史あるものだった。ソファーとクッションだけは母が新調したものだが、赤を基調とした色合いで統一され、落ち着いた色味の家具とよく調和している。

壁には金の彫刻で縁どられた楕円の鏡が掛けられ、よく磨かれた鏡面にレティシアの姿が映っていた。下ろしたての白い昼用礼装ドレス《ローブ・モンタント》は立襟《たてえり》に長袖という露出の少ないもので、ドレスにしては珍しくボタン留めの上着とスカートが別々に分かれている。

レティシアは祖父とのお茶の時間や去年の湖遊びを思い出しながら、居間を通り過ぎ、湖を臨むウッドデッキに下りた。中央のあたりには二脚の籐椅子《とういす》とコーヒーテーブルが置いてあり、デッキは腰当たりまでの手すりに囲まれていた。

こつこつと足音を立てて湖の方に近付く。柔らかな風が湖面を揺らし、反射した日差しがきらきらと輝いている。穏やかで、暖かくて、夢のように心地よい景色。目を閉じると柔らかな春風に包まれ、心が満たされていく。

本を持ってくればよかったな——自然とそう思った後、すぐにこれからハロルドが来るのだと気付いた。

仕方ない。残念だけれど、また今度本を持ってここへ来よう。気持ちを切り替えて踵を返した時、エントランスの方で扉をノックする音が聞こえた。

（えっ、もう？）

レティシアは驚き、慌ててデッキから出た。

あれほどメイドからちゃんとお持て成しするようにと言われていたのに、まだお茶の準備にすら取り掛かっていない。あとできっと怒られるなぁと反省しつつも、こんなに早くやってきたハロルドにもちょっと腹が立った。普通、貴族の娘や奥方と約束した時は、少し遅れてくるのがマナーだ。とかく女性は身支度《みじたく》に時間がかかるもので、時間通りに来ればまだ髪結いが終わっていない、コルセットすら締め終わっていない、なんてこともあるのだ。

唇を尖《とが》らせながら小走りになり、エントランスの姿見の前で立ち止まる。ドレスや髪に乱れがないか確認した後、葡萄《ぶどう》と蔓《つる》が彫刻されたアーチ形の扉を開けた。

「よくおいでくださいました、ハロルド様。こんな所に足をお運びいただいて……」

申し訳ありませんと謝りかけた時、レティシアははっと言葉を呑んだ。

扉の向こうには、緑陰に潜むようにして男が立っていた。

男が一歩踏み出し、眩《まぶ》しいほどの陽光がその顔を照らし出す。――ハロルドではない、彫りの深い顔立ちを。鋭く細められた淡い碧眼がレティシアをじっと睨みつけている。

「……ハロルドだと？」

男は――ウォルフは、ぞっとするほど低い声で言った。

まるでその存在が夢でも幻《まぼろし》でもないと証明するように。

「ど、どうしてここに貴方《あなた》が？　お兄様に用があるのだったら、ここではなくて屋敷の方に――」

「お前に会いに来た」

遮るように言われ、レティシアの肩がびくんと跳ねた。

ウォルフの険しい顔は、会いに来たというより殴《なぐ》り込みに来たかのような雰囲気だった。ウォルフが来た理由もこんなに怖い顔で睨まれる理由も分からず、恐怖で鼓動が高鳴り始める。

「とにかく入るぞ」

「えっ、あっ……」

ウォルフはレティシアの返事も待たず、勝手に中に入ってきた。

居間に向かったウォルフを慌てて追いかける。部屋の真ん中に立ったウォルフは、まるで誰かを探すように辺りを見回していた。

「あ、あの、困るわ。私は今日人と会う約束が――」

「ハロルドか？」

一瞬なぜ知っているのかと驚いたが、すぐに自分がハロルドの名を呼んだことを思い出した。

「ええ、ハロルド様から縁談のお話を頂いているの。だから、私に用があるのなら別の日にしてもらってもいい？」

「……お前、何か勘違いしているだろう」

ウォルフは鋭く舌打ちした。

端整な顔にははっきりと苛立ちが浮かんでいる。レティシアは突き刺すような迫力に怯《ひる》み、泣きそうになった。

なぜこんなにウォルフが不機嫌なのか。全く思い当たることがない。そもそもウォルフは何をしにここへ来たのだろう。レティシアがコテージにいることは、家族の者しか知らないはずなのに。

「今日、お前との結婚を申し出たのはハロルドじゃない。――俺だ」

ウォルフはこちらを睨みつけたまま言った。

レティシアは口を開けてぽかんとした。結婚を申し出に来たと言いながら、ウォルフは今にも人を縊《くび》り殺しそうなほど恐ろしい形相《ぎょうそう》だ。結婚の話ならもっと笑顔でするべきで――。

そこまで考えて、はたと気付く。

結婚。誰が。誰と？

「あの、えっと、それはどういう意味で……？」

なぜか背中に冷や汗が滲み出した。

ウォルフは頭の悪い子を見るように顔を歪《ゆが》めている。大きくため息を吐き、「今言った通りだ」とぴしゃりと言った。

その瞬間、レティシアの頭は真っ白になり、考えるより先に叫んでいた。

「む、無理よ！」

「なぜだ？」

ウォルフは一瞬の間も置かず尋ねた。

なぜだと言われてもすぐには答えられなかった。理由がありすぎる。いきなりだし、ウォルフの真意が分からない。そして何より、二年前のあのこと――今もレティシアの心に深く突き刺さっているあの言葉を、忘れることができない。

「……どうして私なの？　貴方ならもっとふさわしい方がいるでしょう」

「俺にふさわしい女は俺が決める。俺は、お前に求婚しているんだ」

声を荒らげたウォルフは、拳《こぶし》で机を叩いた。

レティシアは大きな音にビクンと震えた。彼は本気で怒っていた。理由が分からず、ただ怖くて、怯えた鼓動を胸の上からぐっと押さえる。

ただ、ようやく一つだけ気付いた。これは——ウォルフとの結婚は、愛のあるものではない。ハロルドと同じように。少しでも愛があるなら、こんな乱暴な求婚はしない。相手を想う言葉も花束もないプロポーズなんて、どこに愛があるというのだろう？

（どうして、いつも酷いことをするの……？）

胸が切り裂かれたように痛い。熱い目頭に力を込め、零れそうになる涙を堪《こら》えた。

ウォルフは変わってなどいなかった。二年前から、何一つ。レティシアの気持ちも知らず、弄《もてあそ》び、傷つける。

子供の頃はあんなに仲がよかったのに、どうしてこうなってしまったのだろう。

「……お受けできません」

レティシアは震える声で言った。

ウォルフの眉が吊り上がる。その瞬間怖くなり、考えるより先に言った。

「私、ハロルド様と結婚するわ」

その瞬間、ウォルフの顔から表情が消えた。

覚悟していた罵倒も、睥睨《へいげい》もない。肌で感じるほど沈黙が重たかった。もしこの場から逃げ出せるなら、レティシアはどんなことでもしただろう。でも、体は石になったように動かず、「帰って」の一言も出てこない。

「お前、それを信じているのか?」

ウォルフの淡い碧眼は冬の夜よりも冷え冷えとしていた。

「お前がハロルドと結婚? 馬鹿馬鹿しい。お前には不釣り合いな相手だと分からないのか?」

吐き捨てて、鼻で笑う。

ウォルフは苛立っていた。レティシアが結婚するなんて生意気だとでも思っているのだろうか。馬鹿にされるより、ウォルフからこんなにも嫌われてしまったことが悲しかった。心が切り裂かれたように痛くて、息がうまくできない。指先が氷のように冷えていき、涙の滲んだ視界はぐちゃぐちゃと色が交じっていくようにぼやけていく。

(あのダンスは何だったの……?)

優雅なワルツ。優しく力強いリード。少し意地悪そうな、美しい笑顔。

たった一曲だけの僅《わず》かな時間が、どれほど嬉しかったか。どれほどレティシアの心を温め、希望を持たせてくれたか。

あの優しさが、今となっては刃《やいば》となってレティシアの胸に突き刺さっていた。あれが偽りだと知ってしまった今は――……もう何を信じていいのか分からない。

「ええ。ハロルド様は私に求婚してくださったわ。だからあの方と結婚するの」

「馬鹿か。お前みたいなぶすが相手にされるものか。騙《だま》されているだけだ」

またぶすと言われ、心が壊れたように痛んだ。手の平にきつく爪を立てる。ずきっと痛みが走って、滲みかけた涙を堪える。

「……それでも構わないわ」

虚勢を張った声は情けなく震えた。

目を見開いたウォルフの顔が、ゆっくりと歪んだ。驚き――そして怒りへと。突然レティシアの腕を引き、乱暴に抱き寄せた。

「……そんなことは、絶対に許さない」

ウォルフは恐ろしいほど低い声で囁いた。

摑まれた腕が痛かった。見開かれた双眼が怒りに燃え、ぞっとするほど恐ろしい。叫びかけたレティシアの唇を、ウォルフの唇が塞《ふさ》いだ。それはあまりに突然で、逃げる間も、これが生まれて初めてのキスだと気付く余裕もなかった。

レティシアは目を見開き、必死になって暴れた。けれど、腰と背中に回された腕はびくともしない。強引なキスは荒々しく、優しさすらなかった。角度を変える度に互いの鼻がぶつかり、ウォルフの冷たい頬がレティシアの真っ赤になった頬を擦《こす》った。

「んんっ……！」

強く唇を吸われ、ちりっと走った痛みに呻いた時、僅かな隙間から暖かな舌が滑り込んだ。

レティシアは目に涙を浮かべて抵抗した。だが抗《あらが》えば抗うほど、意図せずに舌を絡め合ってしまう。ウォルフはそれを面白がっているのか、引いた振りをしては口内を舌先でまさぐり、滲み出た唾液をわざと音を立てて吸った。

「やうっ……！　はぁ、あっ、んぅっ！」

息ができない。苦しい。レティシアはウォルフの背中に爪を立て、何度も上着を引っ張った。

舌と舌を絡め合うキスがあると、本で読んだことはあった。その本では美しい恋人たちがキスをしながら愛を確かめ合っていた。美しくてロマンティックなシーンはレティシアのお気に入りの一つで、自分には縁がないだろうと思いながらも、素敵なキスはレティシアの憧れだった。

（それなのに、こんなことって……！）

悔しくて、悲しかった。ぼろぼろ零れる涙が止まらなかった。

レティシアは荒い息を吐きながら、必死でウォルフの舌を押し返そうとした。その度にくちゅくちゅと響く淫靡《いんび》な水音が恥ずかしくてたまらない。

「ふっ……ずいぶん積極的じゃないか」

ウォルフがからかうように言った。

その瞬間、かっとなったレティシアは反論する拍子に肉厚の舌を嚙《か》んでしまった。顔を歪めたウォルフがようやく顔を離し、淡い碧眼を細める。レティシアは青ざめて自分の口を両手で押さえた。

「ご、ごめんなさい……！」

慌てて謝ると、ウォルフはなぜか小さく笑った。

「謝るくらいなら誠意を見せてもらおうか」

「誠意って……きゃっ！」

尋ねかけたレティシアの体が、ふわりと抱き上げられる。

ウォルフの顔が近い。レティシアが真っ赤になって固まると、ウォルフはふっと鼻で笑った。

嫌な予感が悪寒となって背筋を駆け抜ける。下ろしてくれという懇願は当然叶わなかった。ウォルフは無言のまま踵を返すと、レティシアを横抱きにしたまま居間を出ていった。

客間に入ったウォルフは、天蓋付《てんがいつ》きのベッドにレティシアを投げ出した。

細かな刺繍とレースのついたキルトの上にぼすんと仰向《あおむ》けに倒れる。はっとして顔を上げると、レティシアの動きを封じるように大きな体が覆い被《かぶ》さった。

「な、何を……」

レティシアは怯えながらウォルフを見上げた。

いつの間にか日が落ちていた。窓から差し込む夕陽がウォルフの顔を橙色《だいだいいろ》に染め上げ、まるで絵画のように鮮烈だった。

一瞬見惚《みと》れたレティシアの頬にウォルフの手が触れる。ごつごつとした骨ばった指先は、ひんやりと冷たかった。その指先がレティシアの顎を辿《たど》り、立襟に掛かると、ぷつりと音を立てて一番上の金ボタンを外した。

「いやっ！」

レティシアは悲鳴を上げ、ボタンに掛かったウォルフの手を押さえた。

二人の手がまるで恋人たちのように絡み合う。だが、それは甘いものではなく、譲れないものをかけた戦いだった。やがて業《ごう》を煮やしたウォルフが鋭く舌打ちすると、自身の首に掛かっていた濃紫のスカーフを外し、レティシアの両手首をまとめて縛った。

「何するの！　外して！」

「お前が大人しくするなら外してやるが？」

「そんな……！」

暴れている間にスカーフの片端が柵状のヘッドボードに括《くく》りつけられた。

レティシアは涙を浮かべ、「やめて」と懇願した。ウォルフはちらりとこちらを見た後、残ったボタンを全て外し、上着を両脇に開いた。

「あっ……」

白い肌が現れ、コルセットとその下に隠された胸の膨らみが露になった。

細められたウォルフの目がじっと胸の谷間に落ちる。死にそうなほど恥ずかしく、このまま消えてなくなりたかった。

「綺麗な肌だ……」

いやらしい声で囁いたウォルフは、レティシアの鎖骨を舌でなぞった。

肉厚の柔らかな感触にレティシアの腰がびくんと跳ね上がる。骨の部分なのに鋭敏に感じてしまい、酷くもどかしい。もぞもぞと揺れる腰に気付いたのか、ウォルフはねっとりと鎖骨を往復し、端の方を強く吸った。ちりっとした小さな痛みは、痺《しび》れるような余韻と熱を残した。

「んっ……！」

「綺麗に痕《あと》がついたな」

ウォルフは嬉しそうに囁いた。

それで満足したのかと思えば、移動した舌先が胸の膨らみに落ち、そこも痛いくらいに吸い上げられた。

ちゅ、ちゅ、と聞こえてくる音がいやらしい。けれど、どうしても動けなかった。

メイドが毎回苦労してコルセットに詰め込んでいる胸は、少し体を捩《よじ》っただけで溢れそうなほど膨らんでいる。零れ落ちないよう必死になっていると、いきなりコルセットを下にずらされた。

「やだっ……！」

僅かに下がっただけで、レティシアの胸がほとんど露になった。

真っ赤になったレティシアは俯《うつぶ》せになって隠そうとした。だが、片手で肩を縫い留められ、体勢を変えることができない。

「絶景だな。そんなに胸を揺らして、誘っているのか？」

「ち、ちが……！」

レティシアははっとして動きを止めた。

そんなことを言われては抵抗もできない。けれど、大人しくすれば裸の胸を全て見られてしまう。

涙が出るほど恥ずかしくて、堪えきれなかった啜《すす》り泣きが漏れた。それを見下ろしていたウォルフは、ごくりと喉《のど》を鳴らした後、レティシアの胸に唇を寄せた。

「やっ、何……ひゃうんっ！」

ぬるりとした熱い舌が雪のように白い胸を舐《な》めた。

舌は何かを求めるように膨らみの下から上へと滑り、ふくんと尖った突起にぶつかった。桃色の乳輪をなぞるように円を描き、舌裏が突起の先端を掠める。

「い、いやっ、舐めないで……あっ！」

叫んだ瞬間、突起を強く啜られた。

口蓋《こうがい》と舌の腹の間でころころと転がされ、ぞくぞくと背筋が震えた。こんな感覚は生まれて初めてだった。体が熱くて、このまま燃え尽きてしまいそうだ。口蓋の奥深くまで突起を咥《くわ》えられ、じゅくりと吸われると、もどかしい痺れが全身に広がっていく。

（な、何、これ……！）

レティシアは目を見開き、頭を左右に振った。結った黒髪が乱れ、シーツの上にはらはらと零れていく。

「お前の乳首は美味《うま》いな。このままずっと味わっていたいくらいだ」

「ば、馬鹿なこと――……やんっ！　やぁっ、嚙まないで……あっ、ふぁ、あん！」

「食い千切ったりしないさ。可愛がっているだけだ」

ウォルフは突起を含んだまま笑った。

物騒なことを言われ、レティシアの体が硬直した。途端にウォルフはもう片方の胸を手の平で包み、やわやわと揉《も》んだ。

「んあっ……！」

ウォルフの骨ばった指の下で柔らかな膨らみが形を変えていく。

レティシアは唇を嚙みしめた。嫌なのに、いやらしく胸を揉まれると、変な声が抑えきれない。

ウォルフは好き勝手に胸を弄んだ後、二本の指で乳首を抓んだ。

きゅうっと優しく捩《ね》じられたかと思えば指の腹で擦られ、下腹の奥がつきんとする。

痛みになりきれない擽《くすぐ》ったさがもどかしく、体中がざわざわしてたまらない。

「硬くなっているな。感じているのか？」

「そんなわけ……！　あっ、やぁっ！」

詰《なじ》ってやりたいのに、愛撫《あいぶ》されると声が蕩《とろ》けた。

息が乱れ、抵抗する力が弱まっても、ウォルフは執拗《しつよう》にレティシアの胸を愛撫した。

柔肉に埋め込むよう突起を押し潰し、かと思えば口内の奥深くまで吸い込まれ、じゅぷじゅぷと淫らな音を立てられる。

やめて、とレティシアは啜り泣いた。頭がおかしくなりそうだった。――いや、すでに何かがおかしい。舌で舐め回される度に体のあちこちがこんなに熱く、甘く疼くなんて。

こんなことは嫌なはずなのに。嫌だと感じなければいけないのに。

「見ろ。鮮やかで綺麗な色になっただろう?」

ウォルフは見せつけるように舌先で乳首をつついた。

先ほどまで淡い桃色だったそれは、今や熟したように鮮やかに色づいていた。唾液にまみれて瑞々しく張り詰め、レティシアの胸が上下する度、ふるりと小さく揺れている。

見ていられなかった。レティシアは顔を背け、手首の拘束を必死で解《ほど》こうとした。

「どうしてこんなこと……お願いだから、もうやめて……!」

「妻となる女を抱いて何が悪い?」

「勝手に決めないで!」

レティシアは真っ赤になって言った。

「わ、私は、ハロルド様と結婚を――……!」

深く考えもせず、ただウォルフにやり返したい一心で叫んだ途端、乳首をきつく噛まれた。

レティシアは短い悲鳴を上げた。酷い。涙が滲むほど痛い。ウォルフを睨みつけると、いつの間に顔を上げたのか、淡い碧眼がすぐ目の前にあった。

「——それだけは許さない」

肌がぴりぴりと震えるほど恐ろしく低い声だった。

レティシアは青ざめ、ぞっと震えた。ウォルフはただレティシアを見つめていた。その瞳の奥に、燃えるような激情が潜んでいる。

今迂闊《うかつ》に動けば喉元を食い千切られる——馬鹿な考えだと思うけれど、そう怯えてしまうくらい、ウォルフが恐ろしい。

「お前は俺の妻となるんだ。他の男のものになるなど、絶対に認めない」

「あ、あなたが決める権利などないわ」

ありったけの勇気を振り絞って言う。

けれど、必死の抵抗は軽く鼻で笑われた。

「なら、お前の体に決めさせてやろう」

そう言ったウォルフは、レティシアのスカートを大きく捲った。

レティシアは息を吞んだ。細い足が夕陽の下にさらされ、白いレースの靴下も、同色のガーターベルトも——そして、最も見られたくなかった下着までが、眩しく照らし出されていた。

「これは素晴らしい」

ウォルフは口端を吊り上げ、レティシアの太腿《ふともも》をそっと撫でた。

ざらりとした硬い手の感触に鳥肌が立つ。ウォルフは震えるレティシアを楽しそうに眺めながら、靴下から繋《つな》がるガーターベルトの紐《ひも》の下を指先でなぞった。

「このセクシーな足はそそるが、下着のセンスは酷いな。全て白を選ぶなど子供だけだぞ」

「なっ……！」

勝手にこんなことをしておきながら何という言い草だろう。かっとなって足を振り回すと、すぐに足首を摑まれた。

「全く、じゃじゃ馬め」

「誰のせいだと思っているの！」

「お前が素直に妻になると認めればいいだけだ」

ウォルフはくつくつと笑いながら太腿にキスを落とした。

柔らかなキスは、何度も繰り返されるうちに強さを増していった。ちゅ、と音を立てて吸いつかれ、ぽつぽつと赤い痕が落ちていく。

「んぅ……」

小さな痛みの交じった擽ったさがもどかしい。じわじわと広がる熱に頭がぼうっとしている間に、キスは徐々に移動をした。

膝から上に、内腿を辿って、さらに足の付け根へ。

はっとした瞬間、ウォルフの唇はレティシアの下着に触れていた。

「そ、そこは……！」

肉厚の唇が下着を吸うように食《は》む。

甘噛みはその下――……媚肉《びにく》も少し巻き込み、音を立ててキスをした。

途端に甘い痺れが走り、両の太腿が引きつった。必死に足をばたつかせようとしたけれど、がっしりとウォルフの手に押さえつけられ、さらに大きく足を広げさせられる。

「やだやだっ、やめてっ……ひっ！」

暖かな唇の隙間から、さらに熱く湿った舌が下着ごと陰部を押し上げた。

ぐりぐりと捩じり込まれ、もどかしい刺激が背筋から頭の天辺に向かって駆け抜けていく。火を飲んだかのように体が昂《たかぶ》り、熱くてたまらない。

「あっ……、あ、ぅん、ああ……！」

ゆっくりだった舌の動きは徐々に激しいものになり、開かれた口内に陰部を包まれ、むしゃぶりつかれた。足の間で灰色の頭がいやらしく揺れ、舐められた下着がべたべたと濡《ぬ》れていた。

張り付いた布の感覚が恥ずかしい。僅かに外気が触れると濡れた下着がひやりとし、陰部の奥が淫らに蠢《うごめ》いてしまう。

「ふっ……。絶景だな。お前のあそこが透けて見えるぞ」

ウォルフは欲望を滲ませた声で囁いた。

痛いほどの視線を感じ、レティシアは真っ赤な顔を横に振った。自分でも情けないくらい心が弱り、しゃくり上げる声が止まらなかった。

「もう……やぁ……」

ぽろぽろと涙を零して懇願する。

ウォルフは答えず、ただ己の唇をちろりと舐めた。飢えた獣のようにぎらぎらと輝く瞳が怖かった。

やがてウォルフは熱のこもった息を吐くと、レティシアの汚れた下着を脱がした。

この国では、陰毛を剃《そ》ることがマナーとされている。もちろん、レティシアもレディとして綺麗に処理をしていた。そのため下着がなくなってしまえばつるつると剃り上げた肌も、その下の陰部も全てが露になった。

レティシアは顔をくしゃくしゃにして子供のように泣いた。何とか逃げなくてはいけないのに、あまりの恥ずかしさに強がりも理性もぐずぐずと崩れていく。

「不細工な顔だ」

ウォルフはくつくつと笑って言った。

自分でも驚くぐらい、その言葉に傷ついた。

「だが、それがたまらないな」

「やっ……！」

ぷちゅ、と音がして陰部に暖かなものが触れた。

レティシアは必死になって「いや、いや」と泣いた。信じられない——まさか、そんな恥ずかしいところを舐められるなんて。

「やだっ、やめて！　そんな汚いところ……！」

「汚い？　どこがだ。こんなに美しい色をしているのに」

ウォルフはからかうように言った。

そんなところの細かい様子なんて聞きたくない。耳を塞ぎたいのに、手を縛られてはそれも叶わなかった。

「綺麗でいやらしいピンクだ……。男を誘う色だな。ぷっくりとして、まるで瑞々しい果実のようだ」

「い、いや……！」

「ふふ、今ここがぷるりと震えたのが分かるか？　こんなに美味そうなものは初めて見たぞ」

喉を鳴らしたウォルフは、レティシアの内腿に頬ずりするようにしながら、秘部に唇を寄せた。

舌を出しながら開かれた口が桃色の秘裂を含む。その両端のふっくらとした媚肉ごと、ゆっくりと、味わうように。

「ひぁっ……！」

暖かく湿ったものが陰部全体を温める。押し当てられた熱がいやらしく、もどかしい。まるで導火線がじりりと燃えていくみたいに、秘裂の中心からお腹《なか》の奥、さらにその先まで、甘い刺激が伝わっていく。

陰部を咥えたまま、ウォルフは尖らせた舌先で秘裂をなぞった。

途端に甘い刺激が鋭いものに変わり、レティシアは悲鳴のような声を上げて足を跳ね上げた。舌は秘裂を上から下へとたっぷり舐め、滑らかな動きで包皮を捲ると、そこに包まれていた肉粒をつついた。

「ひゃうん！」

ほんのかすかに触れただけなのに、強烈な刺激が全身を駆け抜けた。

レティシアは背を反らせ、天井を見上げながらはくはくと息を吐いた。まるで甘い毒のような悦楽だった。刺激が強すぎて息もできない。

それなのにウォルフはまるで新しい玩具を見つけたように肉粒を舌先で転がし、押し潰し、ちゅぴ、と音を立てて吸った。びくびくと震えるそこに熱く濡れた吐息を吹きかけ、さらに執拗に愛撫した。

「いやぁっ……あっ、あんっ、だめぇ……そんなとこ、舐めたら……あっ」

全身が昂り、吹き出た汗が肌を首筋やこめかみを滑り落ちていく。

内腿にも汗が滲み、ウォルフの頬がぬるぬると滑る。その感覚すら感じてしまい、陰部の奥がきゅうっと疼いた。

「女の匂《にお》いがしてきたな」

ウォルフは顔を埋めたまま鼻をすんと鳴らした。

「体は初心《うぶ》だが、お前のここはしっかり女になっているじゃないか。男を欲しがってぴくぴくしているぞ？」

「そ、そんなわけ……！」

「違うというのなら、これはなんだ？」

顔を上げたウォルフは、レティシアの足を片手で開いたまま、もう片方の手を陰部に押し当てた。

「あっ……」

指が軽く秘裂を擦ると、くちゅりと淫らな音がした。

指はそのまま上下に動き、さらにくちゅくちゅと卑猥《ひわい》な水音が響いた。関節の隆起が媚肉を刺激するとますます粘度の高い音になり、指の動きも滑らかになっていく。

「分かるか？　この蜜は、お前が俺を欲しがっているから溢れてくるんだ」

「ち、ちが……！　そんなの、絶対違う……！」

「俺の指と舌で感じたんだろう？」

低い声で囁きながら、ウォルフは包皮に包まれた肉粒を指で抓んだ。

「ひぃんっ！」

強烈な刺激に腰が跳ね、陰部の奥がきゅうっと疼いた。

ウォルフは執拗に愛撫を繰り返した。肉粒ごと淫裂を指の関節でこりこりと擦り、媚肉を指の先で捲るように撫で、会陰《えいん》を巧みに突かれる。

次々と押し寄せる快感の波にさらわれ、レティシアの頭は朦朧《もうろう》とした。嫌なのに、気持ちよくてたまらない。自分の腰が淫らにくねっていると分かっていても、どうしても止められなかった。

「すごいな。どんどん蜜が溢れてくるぞ。本ばかり読んでいるからガードが堅いかと思ったが、体は素直だな」

ウォルフはたっぷり蜜を掬《すく》い取ると、淫裂の隙間に指を差し込んだ。

「いやっ……！」

媚肉をかき分け、人差し指がくぷりと潜り込んだ。

途端に襞《ひだ》が押し返すように指を締め付ける。レティシアの太腿にも力が入り、全身が固く強張った。

「おい、力を抜け」

「そんなの、無理……！　抜いてっ……！」

レティシアは泣きながら首を振った。

「いやいやばかりだな、お前は」

ウォルフは舌打ちすると、顔を上げて再び乳首を口に含んだ。

舌の動きは先ほどの愛撫よりもさらに優しかった。いとおしいものを愛《め》でるように固くなった乳首を舐め転がし、甘嚙みし、胸の膨らみに鼻先を押し付けながら、口内の奥深くで吸う。

「あぁっ……あっ、だめ……あんっ、はあっ……」

レティシアは喉を仰《の》け反《ぞ》らせて喘《あえ》いだ。

どうしてだろう。さっきよりも敏感に感じてしまい、体の中を甘い熱がうねった。

強張りが徐々に解けて、またいやらしく腰が揺れてしまう。

その隙を見逃さず、ウォルフは止めていた指をゆっくりと動かした。

「ひぁっ……！」

小刻みに揺れながら、人差し指が中を押し開いていった。

根元まで入ってしまえば、内壁は驚くほど従順に受け入れていた。軽く指が動いただけで蜜が滲み出し、二本目の指もスムーズに飲み込んでいく。

「いやぁっ……な、何で……あっ、抜いて……お願い……！」

「ここを慣らしたら抜いてやる」

慣らすとはどういう意味だろう。尋ねる前に、愛撫が激しくなった。

「ひっ……！　あ、ああっ……やだ、そこ、ぐりぐりしちゃいやぁっ……！」

レティシアは啜り泣きながら懇願した。

二本の骨ばった指が抜き差しされ、関節部分がこりこりと内襞を抉《えぐ》る。その刺激がたまらなかった。淫らに腰がうねり、溢れた蜜がウォルフの指を伝って太腿まで濡らしていく。「お漏らしか？」と笑ってからかわれると、死にたくなるほど恥ずかしくて、陰部がきゅうきゅうと蠢く。

いつしか指は三本になり、愛撫もさらに激しくなった。

ウォルフの指は驚くほど長い。レティシアの奥深くまで潜り込み、コツンとしこりに触れた。

「ひゃんっ！」

強烈な刺激が走って、目の奥がちかちかと瞬いた。

そこを優しく撫でられると体の内側から愛撫される感覚が強く伝わってきて、下腹部から蕩けていきそうだった。苦しい——でも、気持ちがいい。あと少し触れられたら、きっと——そう感じた瞬間、ウォルフの指がすっと抜かれた。

「あっ……」

「慣らしたら抜いてやると言っただろう？」

ウォルフは目を細めて笑った。

確かにそんなことを言っていた気がする。だが、頭が朦朧としていて意味が理解できない。

熱に浮かされてぼんやりしていると、ウォルフは自分のズボンを寛《くつろ》げ始めた。

男性が目の前で脱ぐなんて非現実的な光景なのに、異様な空気に呑まれてただじっと見つめていた。けれど、その下から猛々《たけだけ》しく頭をもたげたものが現れた途端、レティシアの意識は横っ面《つら》を叩かれたようにはっきりした。

「やっ……な、何……？」

レティシアは震える声で言った。

膝立ちのままウォルフがゆっくりと近付いてくる。——緩めたズボンの下から、赤黒く隆起したものを堂々と見せつけて。

真っ赤に染まっていたレティシアの顔が一気に青ざめる。逃げようとして腰を引いたけれど、すぐに頭がヘッドボードにぶつかってしまった。

「逃げるな、このじゃじゃ馬」

レティシアの上に覆い被さったウォルフは、楽しそうに笑っていた。

その瞬間、レティシアは二年前のことを思い出した。——いや、本当はウォルフを見る度に、いつだって心に刺さった棘《とげ》みたいに忘れたことなんてなかった。

まるであの時の自分に重なったみたいに、痛みが生々しく蘇る。あんまり痛くて、息ができないくらい苦しい。

気が付けばまた新しい涙がぽろぽろと零れていた。その涙が今までと違うものだと気付いたのか、ウォルフが初めて動揺したように目を瞠《みは》った。

「何で……私のことを嫌いなのに、こんなこと……」

嗚咽《おえつ》のせいでうまく言葉にならない。

何度もしゃくり上げ、ひ、ひ、と漏れる息の合間に言った。

「私のこと、ぶすだって言ったくせに……。どうでもいいくせに、どうして……」

「それは……」

ウォルフの顔が歪んだ——まるでどこか傷ついているみたいに。

でも、そんなはずはない。ウォルフはレティシアをからかって楽しんでいたはずだ。

あの時の怒りを込めて睨みつけると、ウォルフの顔から表情が消えた。

「……それは、お前が俺のものだからだ」

あまりに勝手な言い分だった。

ウォルフは呆然としているレティシアの足を抱え直すと、屹立《きつりつ》の先端を淫裂に押し当てた。見た目だけでも十分大きかったのに、触れ合うとさらにその硬さと太さが伝わってきた。レティシアに閨《ねや》の経験はないけれど、男女がどうやって契《ちぎ》るのかは、本で読んで知っている。

もしあの本が間違っていないとしたら——こんなもの、入るわけがない。

「い、いや……」

レティシアは怯えながら必死で懇願した。

けれど、近付いてくる熱は止まらなかった。熱棒の先端が秘裂に触れると、その恐ろしく太いものがぐぅっと中を割り開いた。

「ひぃっ——……！」

強烈な痛みと恐怖に、レティシアの秘部はすぐに固く強張った。

そのままそこをぐりぐりと擦られたが、ウォルフを拒んだ陰部はさらに頑《かたく》なになるばかりだった。内腿が引きつり、足の爪先がぎゅうっと丸くなる。

「力を抜け」

怖い声で言われてもできるわけがない。

ウォルフは小さく舌打ちすると、結合部に手を潜り込ませ、包皮に包まれた肉芽を抓んだ。ぷくりとしたそれを転がされ、擽りながらぴんと弾かれると、強烈すぎる快感が走った。

「あんっ……！　やっ、そこ、いじらないで……あっ、ひんっ……！」

「そうだ、もっと感じろ」

レティシアは拒絶するように首を振った。

けれどウォルフの指は巧みで、体の方は徐々に悦楽の熱に苛《さいな》まれていった。肉芽の根元から転がされると、陰部がじんじんと痺れて奥から蜜が溢れ始める。

「ふぁっ……んんっ……！」

しとどに濡れた襞が蕩け、強張りが緩んでいく。

ウォルフは己の下唇を舐めると、ゆっくりと腰を押し上げた。くぷ、と襞と肉棒が蜜を絡めて擦れ合い、じりじりと中を押し広げては、また襞が収縮して止まる。その度にウォルフは陰茎をぎりぎりまで引き、抜ける寸前で腰を突き上げた。

「いやぁっ……！　あっ、そこ……やんっ、あっ、あぁ……！」

何度も繰り返し抜き差しをされ、徐々に広がった内壁は、次第に熱い怒張に馴染んでいった。同時に痛みが遠のき、火傷《やけど》しそうなほどの熱だけが広がり、心臓の鼓動が壊れんばかりに高鳴っていく。

体の内側で感覚が目まぐるしく変化していくことが恐ろしかった。これではまるで——いや、そんなはずない。無理やり抱かれているのに気持ちがいいなんて、そんなことは。

「はぁ……」

やがてウォルフが大きく息を吐き出し、屹立が根元まで挿入された。

レティシアはぐったりしてベッドに沈み込んだ。いつの間にか結った髪は無残に広がり、汗まみれになった額や頬に落ちた髪が張り付いている。

ウォルフは呼吸を整えながらレティシアの顔を覗き込むと、骨ばった手で張り付いた髪を払った。とても優しく、丁寧に。今レティシアに乱暴をしている男とは思えないほど、労わりに満ちた手つきで。

「お前は、本当に——」

ウォルフはレティシアを見つめながら呟いた。

不細工、とでも言いたいのだろうか。自分の僻《ひが》んだ思考に自分で傷つく。みっともない泣き顔を見られたくなくて顔を背けると、ウォルフはレティシアの口端にそっとキスを落とした。

「……お前は、誰にも渡さん」

ウォルフは低い声で宣言すると、急に腰を動かした。

「ひぁっ……！　だ、だめぇっ！　そんな、動いちゃ……あっ、あぁ！」

レティシアは甲高い声を上げた。

突き上げられた腰が引き、屹立が入り口付近まで抜けると、ぞくぞくと背筋が痺れてたまらなかった。あまりの快感に自らはしたなく膝を曲げると、割り開かれた内壁が再び穿《うが》たれた屹立をもっと深く受け入れ、歓喜に震えた。

「ふっ……、初めてにしては男を咥え込むのがうまいじゃないか」

ウォルフの煽《あお》るような言葉も、荒い息を吐くレティシアの耳には届かなかった。

腰を突き上げる動きは繰り返すごとに速くなり、ぐちゅぐちゅという蜜をかき混ぜる音も激しくなっていく。血管の浮いた太い幹が熱い肉襞を擦り、雁《かり》が隠されたしこりを抉ると、体から湧き上がる悦《よろこ》びを抑えることはできなかった。

「あっ……うぁっ、んっ、あ、ああっ、いっ……！」

「気持ちいいだろう？」

耳元で囁かれ、その甘く濡れた吐息にすら陰部がきゅんと疼いた。

「すごいな、どんどん蜜が溢れてくるぞ。お前には男を喜ばせる才能があるらしいな」

「そんなの、ない……！」

「認めたくないか？　お前のここが、俺のものをどれだけきつく締め付けているか」

それを証明するように大きく腰を突き上げ、ぱんっと肌を打つ乾いた音が響いた。

「ひぁっ、ああっ！　やめっ……やだぁ！　そこ、ぐりぐりしちゃ、いや……！」

「これが気持ちいのか？」

「やだやだっ、ふぁっ、んんっ――……！」

奥深くのしこりを肉棒の先端に抉られ、襞からじゅんっと蜜が溢れていく。

炎を飲み込んだように体が熱くなり、はしたないと分かっていても、もじもじと揺れる腰を止められなかった。

その動きが自ら屹立に陰部を押し付ける形になってしまい、もどかしい快感と羞恥がこみ上げてくる。

「いや……あぁっ、こわい……！」

レティシアは手首を縛るスカーフをきつく握りしめた。

熱い楔《くさび》が上下する度、快楽のさらに向こうから何かが頭を擡《もた》げていた。まるで体がばらばらになってしまいそうな、自分が自分でなくなりそうな――恐ろしい予感。

「いきたいか？」

ウォルフが耳朶《じだ》を舐めながら囁く。

いきたい――一体、どこへ？

怖かった。何もかもが。ありえない現実が。レティシアは涙に濡れた目で自分のあ

られもない姿を見た。露になった大きな胸や、赤く染まった乳首を。はしたなく開かれた両足と、自分の蜜でしとどに濡れた股間を。

そして、自分を犯すウォルフの赤黒い肉棒を見た。

「いやっ、もう、こんなのいやぁっ……！　ウォルフなんか、だいっきらい……！」

レティシアは子供のように泣き叫んだ。

ウォルフの表情が消え、腰の突き上げが激しくなった。岩のように硬くなった鈴口がごりごりと子宮口を抉り、密着した下腹部が包皮ごと肉粒を擦る。あまりに強烈な快感に理性は消え、レティシアは涙を流しながら腰を揺らした。

「あぁぁっ――……！」

「くっ……！」

ウォルフの背が反り返った。

最奥を突いた怒張から熱いものが放たれ、狭い膣《ちつ》の中を満たしていく。ぐずぐずになった襞が細かく痙攣《けいれん》すると、受け入れきれなかった精液が膣から零れ、会陰を伝ってとろりとシーツを汚した。

「……これでお前は俺のものだ」

ウォルフはレティシアの背を抱きしめ、耳元で囁いた。

荒々しい息が耳朶に吹きかかる。その熱さにレティシアは眩暈《めまい》を覚えた。何事か呟く声がぼやけるように遠ざかる。レティシアの意識ごと、はるか遠くへ。真っ白に染まった何もない夢へ。

意識を手放す間際、瞼の裏に映った二年前のウォルフが、鼻で笑ったような気がした。

第三章　春と嵐と

「レティ、いいか？」

ドアの向こうからトマスが言った。

ベッドの上で毛布に包《くる》まっていたレティシアは、クッションを抱きしめて少し迷った。家族とはいえ、今は男の人に会いたくない。けれど、呼びかけてきた声が憔悴《しょうすい》しているように聞こえて、無視することはできなかった。

「……どうぞ」

消え入りそうな声だったのに、すぐに「じゃあ入るぞ」と返事があった。

「何だ、ずいぶん暗いな」

中に入るなり、トマスは戸惑ったように言った。

多分、カーテンを閉め切った部屋のことを言ったのだろう。レティシアの様子も同じようなものだけれど。トマスはカーテンを全て開けた後、毛布がこんもりと盛り上がるベッドの前に立った。

「今日はいい天気だぞ。少しは起きたらどうだ？」

「……うん」

くぐもった返事をしたものの、気持ちが入っていないことに気付いたのだろう。深く息を吐く音がした。

レティシアはそっと目元まで毛布を下げた。遅い朝の暖かな陽光が部屋一杯に広がって、暗闇に慣れた目に染みる。そっとトマスを見上げれば、心配そうにこちらを見下ろしていた。

「運ばせた朝食もあまり食べていないな？」

トマスはテーブルに置かれたほぼ手つかずの料理を見て言った。

「……お茶は飲んだわ」

「それじゃ体が持たないだろう。三日前からほとんど食べていないじゃないか。これ以上細くなったら骸骨《がいこつ》になるぞ」

トマスは大袈裟に嘆き、ベッドに腰を下ろした。

どうせ痩《や》せるなら、この無駄な胸からなくなってくれないだろうか――布団の下でそっと胸に触れてみたが、あまり変化はない。

トマスを前にして顔を出さないわけにもいかず、レティシアはもそもそと起き上がった。「美人が台無しだな」とトマスが顔を顰める。鏡を見なくとも、大体の見当はついた。髪はぼさぼさで、瞼は腫《は》れ上がり、目の下は落ち窪《くぼ》んでいるのだろう。

「父上たちも心配しているぞ。無理にとは言わないが、そろそろ顔を見せてやれ」

「うん……。お父様たち、何か言ってた？」

「いや。何があったのか、お前が話してくれるまで待つと言っていたぞ」

でもとても心配している、とトマスは言った。

ウォルフに無理やり抱かれてから三日。あの日からレティシアは、ほとんど食事もとらずに自室に閉じこもっていた。

ドアの向こうから家族が何度も声をかけ、何があったのかと聞かれたけれど、理由は話していない。あんな恥ずかしくて悔しいことを、話せるはずがなかった。そのうちレティシアの気持ちを察してくれたのか、ちゃんと食事をとるようにとだけ言って、毎回部屋まで料理を届けてくれていた。

「……なぁ。ウォルフと何かあったんだろう？」

低い声で問われ、レティシアはぴくっと肩を震わせた。

ウォルフが尋ねてきた日から自室にこもり出せば、誰だってそう疑うだろう。膝を抱えて答えに困っていると、トマスは深くため息を吐いた。

「二年前と何も変わらんな。二度とレティシアを傷つけるなと言ったんだが……」

「ウォルフと会ったの？」

「会ったも何も、三日前から毎日ここへ来ているぞ」

「えっ？」

初耳だった。レティシアは驚いて顔を上げた。

「何があったのかは話さないが、お前に謝りたいと言っていた。父上が断って門前払いにしているけどな。……どうする？　ウォルフと会うか？」

そう問いながらも、トマスは会わせたくないようだった。

ふいに三日前のことが頭を過りそうになり、必死で記憶を振り払った。あれは——もう忘れなければならない。ウォルフは一体何を考えているのだろう。謝りに来るくらいなら、どうしてあんなことをするのか。

（それとも、また何か酷いことをするつもりかしら……）

レティシアはゆるりと首を振った。自分でも嫌になるくらい疑い深くなっている。でも、どうしても考えずにはいられない。

「……今は、会いたくない」

「そうか。分かった」

トマスは安堵《あんど》したように頷いた。

午後のお茶には顔を出すと約束し、レティシアは再び一人になった。

重い体に鞭《むち》を打ち、ベッドから下りて鏡台の前に立つ。柔らかな日差しに照らされた顔は、予想通り酷いものだった。

覚悟を決めるように息を吐き出し、寝衣の襟をそっと下ろした。不健康に青白い肌の上に、ぽつり、ぽつり、と花弁のような淡い痕がある。

――綺麗な肌だ。

封じ込めた記憶から低い声が蘇り、ぱっと襟を戻した。

両手でぎゅっと胸を押さえる。まるでいけないものでも見てしまったように、その下で激しく胸が高鳴っていた。

ウォルフとの縁談は断ってもらおう――そうすれば、もうウォルフと会うことはない。レティシアはこれ以上傷つきたくなかった。心も、体も、過去の思い出も。

それなのにどうしてだろう。なぜ、ウォルフが毎日来ているという話に心が揺れているのだろう。

自分のことなのに不可解だった。こんな気持ちは愚かとしかいえない。レティシアはゆるりと首を振ると、髪を結うために鏡台にあった櫛《くし》をそっと手に取った。

十日ほど晴天が続いたある日、嵐が訪れた。

例年よりも激しい嵐は、まるで世界を全てなぎ倒そうとするかのようだった。屋敷の窓枠が怯えたようにがたがたと揺れ、雨樋《あまどい》からは溢れた水が滝のように流れた。時折遠くの方で飛ばされた何かがどこかにぶつかり、風の咆哮《ほうこう》の中に不規則なリズムが紛れては、不協和音を奏でている。

窓の向こうは灰色の景色が歪み、あらゆるものが見えない手に押さえつけられたように傾いていた。風に煽られて揺れる木々は、幻想小説に出てくる木の姿をした古《いにしえ》の種族のようだ。嵐を音楽にして彼らは踊る。枝を振り乱し、若葉が千切れるのも構わず、風の宴を高らかに歌う――。

「お嬢様、お茶が入りましたよ」

ジュリの呼びかけに、はっとして我に返った。

想像の余韻を振り払い、紅茶とビスケットが用意された席につく。ジュリはお湯の入ったポットを持ったまま、レティシアの視線を追って窓を見やった。

「今年一番の嵐ですねぇ」

「そうね。お父様たちは大丈夫かしら……」

レティシアはぽつりと呟いた。

今、屋敷にはレティシアと使用人たちしかいない。両親とトマスは三日前から東の領地に出かけており、二日後に戻る予定だった。

「田園のお屋敷の中にいらっしゃるんですから何も心配ありませんよ。あそこはこのお屋敷より頑丈にできていますからね。それより、お嬢様。もっとビスケットを召し上がってください」

「もういいわ。お腹一杯よ」

「だめです。ここ最近お痩せになってしまったのですから、ちゃんと食べないと」

「うう……」

強く言われ、渋々ビスケットに手を伸ばした。

先日湖畔のコテージについてきたジュリは、あれ以来レティシアが引きこもりになってしまったことに責任を感じていた。決して彼女のせいではないし、何度もそう言ったのだが、「あの時私がついていれば」と今でも落ち込んでいるのだ。その彼女に食べろ食べろと言われれば、お腹一杯でも無下にできない。

嵐を眺めながらビスケットを頬張った時、玄関のノッカーが低く重い音を立てた。

レティシアはジュリと顔を見合わせた。

「今日、来客の予定はなかったわよね？」

「はい。こんな嵐の日に一体どちら様でしょうね。まさか悪い知らせじゃ……」

「いやだわ、そんな怖いこと言って」

そう苦笑したものの、レティシアも急に家族のことが心配になった。

落ち着かない気分で待っていると、少ししてから執事のバートが髪を乱して現れた。

今年五十になる彼はレティシアが生まれた頃から務めている使用人で、こんな風に慌てることなど滅多にない。

「た、大変です、お嬢様」

「どうしたの？　お客様は誰だったの？」

レティシアは腰を浮かして言った。

バートは言いづらそうな顔で額についた雨を拭《ぬぐ》っている。せっかちなジュリが「どうしたっていうんです」と促すと、ようやく重い口を開いた。

「あの――……ウォルフ様が、いらっしゃっています」

悲鳴を上げたのはジュリだった。

レティシアは手にしていたビスケットを落とした。呆然として見れば、ビスケットの粉がついた指が小さく震えている。

お嬢様、と慌てたジュリがレティシアの肩を支えた。心配そうに覗き込まれ、自分がよろめいたのだと気付いた。

「……ありがとう。大丈夫よ」

レティシアは弱弱しい笑みを浮かべた。足に力を入れてしっかり立ち、気持ちを奮い立たせるように息を吐く。

「ウォルフ様はお一人です。主不在のためお帰りくださいと申し上げたのですが、どうしてもレティシア様とお話がしたいと仰って、外でお待ちになっております」

「えっ、この嵐の中で？」

「はい。レティシア様とお話しになるまで帰らない、と」

いかがいたしますか、とバートは困惑しきった顔で言った。

レティシアは窓の方を振り返った。嵐は弱まるどころかますます勢いを増し、獰猛《どうもう》な咆哮を上げている。こんな日に外にいれば風邪《かぜ》を引くだけではなく、飛んできたものにぶつかって怪我《けが》をするかもしれない。

（まさか、本気じゃないわよね……）

ウォルフは忙しい身だ。何時間もここにいられるわけがない。希望が叶えられないと知れば、すぐに帰るはずだ。

そう言い聞かせて、胸の痛みに気付かない振りをする。

「……私は臥《ふ》せっていると言って、お帰りいただいて」

「かしこまりました、マイ・レディ」

バートはすぐに踵を返して出ていった。

レティシアは倒れ込むように椅子に座り直した。

背凭れに体を預けて深く息を吐く。ウォルフが近くにいると聞いただけで心がざわざわして、鼓動が忙《せわ》しなく脈打ち始めていた。

「お嬢様……。大丈夫ですか？」

ジュリが心配そうに言った。

大丈夫、と固く笑む。ぎこちないながらも笑えたことにほっとする。

だが、時計が時を刻むにつれ、レティシアの表情は沈んでいった。

「……バート、どう？」

四回目の様子見から戻ってきたバートに尋ねる。

困惑した彼の顔を見ただけで答えは分かっていた。「まだいらっしゃいます」——四回目になる同じ答え。

窓の外の景色も変わらない。風は強く吹いていた。ウォルフが来てから一時間、叩きつける雨もやむ気配はない。春先とはいえ気温は低く、雨に濡れた体に風が吹きつければ、凍えるほど寒いはずだ。

（どうしてそこまで……）

これ以上、胸の痛みに耐えきれなかった。レティシアは勢いよく立ち上がり、走って部屋を出た。

後ろからジュリとバートが何か叫んでいる。二人の声を振り払うように、エントランスホールへと向かう。走った勢いのまま百合《ゆり》が彫られた真鍮《しんちゅう》のノブを引くと、重いオークの扉が風に押されて弾けるように開かれ、エントランスに凄《すさ》まじい風と雨が吹き込んだ。体がよろめき、顔中に雨が叩きつけられる。まともに目も開けていられない。

その時、風よけのように黒い影が目の前に立った。

細めていた目を開ける。そこにいたのはウォルフだった。

頭から足先まで全身ずぶ濡れになり、灰色の髪や鋭い顎からぽたぽたと滴《しずく》が落ちている。唇から血の気が引き、頬は病的なほど青白かった。傘もささず、服にもブーツにも雨がずっしりと染み込んでいる。見ているだけで凍えそうになり、レティシアは鳥肌の立つ腕を摩った。

「な、何をしているの……」

呟いたレティシアの口に雨が吹き込んでくる。

吹きつける雨と風は、あっという間にレティシアの体温を奪っていった。こんな酷い天候の中で、一時間も待っていたなんて――。

「何を考えているのっ。こんな嵐の中で待つなんて、体を壊すに決まっているわ！」

「お前と話がしたい」

ウォルフは強張った声で言った。

「そんなこと、今日じゃなくたっていいじゃない！」

「お前と話すまではいつまででも待つ。十日前からそう言っているはずだ」

「十日前って……まさかあなた、十日間もこんなことをしていたの？」

ウォルフが三日間通っていたと聞いていたが、それからも毎日訪れていたなんて知らなかった。

追いかけてきたバートとジュリを振り返ると、二人はばつが悪い顔で頷いた。レティシアは目を見開き、再びウォルフに向き直った。

「話をさせてくれ。誓って、あの時のような真似《まね》はしない」

縋《すが》るような瞳がレティシアをまっすぐ見つめていた。

レティシアは寒さのせいではない鳥肌をぎゅっと押さえつけた。あの時のような——その言葉だけで、足元が震えた。

話なんてしたくなかった。お願いだから、もうレティシアのことなど忘れてそっとしておいてほしい。ただそれだけが望みなのに、ウォルフに立ち去る気配はなかった。

もしここにトマスがいれば、放っておけと言っただろう。いつまでも嵐の中で反省させておけ、と。でも、レティシアはそこまで非道になれない。たとえウォルフがレティシアの心と体を深く傷つけた男だとしても。レティシアと話すためだけに嵐の中で待ち続ける男を、無視することなどできなかった。

「……分かったから、中に入って」

「お嬢様！」

様子を見守っていたジュリが非難するように叫んだ。

「いいの、大丈夫。それよりタオルと暖かい紅茶を用意して。あと、ブランデーも。バートは着替えの準備をお願い。お父様の服ならウォルフでも着られるでしょう」

「しかし……」

バートも警戒するようにウォルフを見やった。

お願いと頼み込むと、バートたちは渋々動いた。相当心配だったのか、レティシアがウォルフを連れて居間へ戻った後、驚くぐらいの速さで言われた通りの物を持ってきた。

ウォルフはジュリからタオルを受け取り、水中に潜ったように濡れた頭を拭《ふ》き始めた。ぱたぱたと水滴が床に落ちていく。その間に、レティシアはジュリたちにウォルフと二人だけにしてほしいと頼んだ。当然相当反対されたけれど、レティシアの必死さに折れてくれたのか、「何かあったらすぐに呼ぶんですよ」と何度も念を押して部屋から出て行った。

二人きりになると、嵐がさらに咆哮を上げた。

レティシアは体の前で両手を組んだまま、ウォルフの革のブーツの先をじっと見た。せっかくいい革なのに、早く乾かさないとごわごわになってしまうとぼんやり思う。もっと考えるべきことはあるはずなのに。話を聞かれたくないからバートとジュリを遠ざけたけれど、急に心細くなって鼓動が落ち着かなくなった。

「レティシア」

ふいに呼びかけられて、レティシアの肩がびくんと跳ねた。

いつまでも俯いていてはいけない——いつか読んだ小説の一説を思い出し、勇気を出して顔を上げた。

ウォルフと目が合う。思わず、息を呑んだ。あのいつものふてぶてしさはどこに行ったのだろう。濡れそぼったウォルフは、どこか途方にくれたような、傷ついた顔をしていた。

「あ、あの、大丈夫？　寒いの？」

おろおろしながら声をかけると、ウォルフは痛みを堪えるように顔を歪め、ゆっくりと頭を下げた。

「——すまなかった」

低い声は、嵐の中でいやにはっきりと響いた。

レティシアはぽかんとしてウォルフのつむじを見つめた。今の言葉は幻聴だろうか。

いや、それならどうしてウォルフは頭を下げている？　もしこれが小説ならば、今目の前にいるのは変装した怪盗か、生き別れたウォルフの双子《ふたご》の弟かと疑うべき場面だ。あるいは記憶を喪失して別人になってしまったとか。

けれど、いくら夢見がちなレティシアでも、現実には怪盗もウォルフの双子もいないと分かっていた。

「お前を傷つけて本当にすまない。……あの時は、ハロルドに嫉妬していたんだ」

「嫉妬？」

一瞬、なぜここにハロルドの名前が出てくるのだろうと思った。

少し考えて、ようやくハロルドに求婚されていたことを思い出す。でも、そのことが嫉妬に繋がる意味が分からなかった。

「……ずっと不思議だったのだけれど、どうして……その、私なんかに求婚したの？」

言葉にすると自信過剰に聞こえて恥ずかしかった。

一時は嫌がらせだろうと思っていたが、いくらウォルフが意地悪な男でも婚姻《こんいん》を冗談に使うほど愚かではない。では一体なぜと考えても、答えは全く浮かばなかった。

ウォルフは眉を顰めて言った。

「お前を愛しているからだ。それ以外に何がある？」

「それ以外って……え？」

レティシアはぽかんとして言った。――愛する？　誰が、誰を？

「そう言っただろう。なぜそんな変な顔をしているんだ」

「い、言われていない！　そんなこと、一言も！」

「そうだったか？」

ウォルフは小首を傾げた後、悪びれもせずに続けた。

「だが、求婚は愛する女にするものだろう。だったら求婚した時に何も言わずとも分かるだろうが」

「分からないわよ、そんなの……」

レティシアはゆるりと首を振って自分の胸を両手で押さえた。

心臓が驚くぐらい飛び跳ねている。嵐で冷えた体が指先までかっかと熱くなっていた。ずっと男性に無視されてきた自分が一ヶ月の間に二回も求婚されるなんて、一体どういう星の回りだろう。

もっとも、ハロルドの求婚は仮面夫婦としての契約みたいなものだが。ウォルフの方は――分からない。愛している、と彼は言った。でも、その言葉を素直に信じることはできなかった。もし本当にレティシアを愛しているのなら、相手を想う言葉や態度があったはずだ。

これまでにウォルフから掛けられた言葉を思い出す。――ぶす。不細工な顔。ダンスが下手。ダンスに誘ってもらえない寂しい女。ハロルドには不釣り合い。

惨憺たる言葉の数々が蘇る度、ずきりと胸が痛んだ。酷く惨めで悲しかった。暴れ馬のように跳ねていた鼓動が元気をなくし、息が苦しくなっていく。

（やっぱり、嫌がらせなのかも……）

一瞬でも動揺した自分が恥ずかしい。ぐっと拳を握って顔を上げたレティシアは、そのまま口を開けて固まった。

目の前にいたウォルフは、服を脱いで上半身が裸になっていた。

「なっ……！」

反射的に後ずさった足が椅子に引っかかり、ガタンと音を立てて倒れる。

ウォルフは首をタオルで拭いながら肩を竦めた。

「心配するな。着替えるだけだ」

「あっ……そ、そうよね」

レティシアは顔を真っ赤にしたままウォルフに背を向けた。

前のことがあるといえ、思い違いをした自分が恥ずかしかった。偶然とはいえ、ウォルフの裸を見てしまったことも。鍛え上げられた体はまるで芸術作品のように美しかった。ただ彫像とは違い、血の気が通っているせいか、どきりとするような艶《なま》めかしさがあった。

「あ、あの、席を外すわね。私ったら気が利かなくて……」

視線を外したまま、ウォルフを迂回して部屋を出ようとする。

その瞬間、ウォルフに手首を摑まれた。ウォルフの手は氷のように冷たく、レティシアの肩がびくりと大きく跳ねた。

「ウォルフ――」

困惑して呼びかけると、背中から抱きしめられた。

濃い雨の匂いがレティシアを包んだ。肩から回された腕はがっしりと逞しく、ロープのような血管が浮いている。

不思議と怖いとは思わなかった。ウォルフはレティシアを抱きしめていたけれど、絡む腕はとても緩く、背中も触れていなかった。

多分、ウォルフと触れれば逃げ出すかジュリたちを呼んでいただろう。コテージのように力尽くで引き止められないことにほっとして、でもどうしてか離れた背中が落ち着かなかった。

自分でもなぜか分からない。ただかすかに伝わってくる雨の冷気がレティシアの心を掻き乱した。ウォルフの冷えた体を温めてあげたいと――本当にどうかしている。今レティシアを抱きしめている男は、突き飛ばしてもいいくらいの相手なのに。

「……本当に、すまない」

耳元で告げられた声には、濃い苦悩が滲んでいた。

「俺の言葉が信じられないんだろう」

ウォルフの言う通りだった。

でも、レティシアは何も言えなかった。信じられないとはっきり言葉にしたら、それが覆《くつがえ》せない真実になってしまう気がして。

緩く首を振る。これではまだウォルフを信じたいみたいだ。何を信じようというのか、自分の心が分からない。

「……二年前、私のことを何て言ったか覚えている？」

冷静に問いかけようとした声は、恨みがましいものになっていた。

ウォルフはぎくりと硬直した後、深くため息を吐いた。「くそ」と小さく吐き捨て、頭を緩く振る。

「覚えている。確かにお前をぶすと言ったな」

「あなたはぶすと結婚するつもりなの？」

「お前はぶすじゃない」

そう言われても信じられなかった。いまさら手の平を返されても、素晴らしい矛盾だとしか思えない。

無言の皮肉に気付いたのか、ウォルフはばつが悪そうな声で「本当だ」と言った。

「あの時のお前はよく覚えている。髪を結い上げて、白いドレスを着て、真珠《しんじゅ》のイヤリングとネックレスをしていた。トレーンの持ち手は逆だったがな。お前は右手で持っていたが、左手がマナーだ」

「そ、そんなことまで覚えているの？」

「慣れない様子も可愛かったからな。天使のようだった」

レティシアは思い切り咳《せ》き込んだ。

今、ウォルフは何と言ったのか――天使と聞こえたけれど、そんなまさか。

これほどウォルフに似合わない言葉はない。だからきっと幻聴だ。そう思ったけれど、ウォルフの吐息の温《ぬく》もりがまだ耳を離れない。

「あの……今、何て……」

「お前が天使のようだった、と言ったんだ。あの時のお前は目がきらきらと輝いて、頬はピンクに染まっていた。子供のように無垢《むく》で得意げな笑みが愛らしかったが、それでいて髪を上げた白い項はぞくりとするほど艶めかしく――」

「ま、またからかっているの？　そうでしょう？」

それ以上聞いていられなくて上擦った声を上げた。

けれど、ウォルフはきょとんとして「本気だが？」と言った。レティシアの困惑がますます深くなる。

「じゃあ、どうしてあんな……ぶすって言ったりしたの」

「それは……」

ウォルフは口ごもった後、大きなため息を吐いた。

「あの頃の俺は、子供だった」

二年前ならウォルフは二十二だ。

子供というほどの年齢とは思えない。もっとも、ウォルフは子供の頃から大人びていたから、幼い時代があった気がしないけれど。

「照れもあったし、うまく感情を表現できなかった。だからつい、昔の癖が出てしまったんだ」

「昔の癖？」

小首を傾げて記憶を探る。

そう言われてみれば、子供の頃のウォルフは意地悪だった。よく「ぐず」とか「泣き虫」と悪態をつかれた気がする。今も男性が苦手なのは、子供の頃の記憶が原因なのかもしれない。

「俺が何か言う度、お前が泣きそうな顔になるのが可愛らしかった。涙目になって睨みつけられると、悪いとは思いつつ妙に興奮した。それで本心とは逆の言葉を言ってしまうんだ」

「……でも、それは昔の話でしょう」

「だったらよかったんだが。お前に関しては、大人になっても変わらなかった」

ウォルフは気落ちしたように肩を落とした。

レティシアは自分だけという言葉をどう捉えていいのか分からなかった。

「……そんなに私のことが嫌いなの？」

「嫌い？　なぜそうなる」

「嫌いだから私にだけ酷い言葉が出るんでしょう？」

「お前は馬鹿か。お前が気になるからこそ、愚かな態度になるんだろうが」

苛立ちを露にしたウォルフは、すぐにはっとなって声を抑えた。

「……悪い。お前を怖がらせるつもりはないんだ」

また深いため息がレティシアの耳朶を擽った。

ウォルフが落ち込んでいる気配が、背後から強く伝わってきた。こんな彼の姿を見るのは初めてだった。ウォルフの祖父は厳しい人で、まだ小さな孫に対して泣き言や弱音は一切許さなかったからだ。

「だから、つまり俺は……」

ウォルフはレティシアの首に腕を回したまま、言葉を探してもどかしそうに手を揺らした。

「お前を傷つけたことは謝る。お前を無理やり抱いたことも。……いや、抱いたことは後悔していない。ずっとああしたいと思っていたからな。だが、あんな形にするつもりはなかった。謝ろうにもお前の家族が許してくれなくて――それも当然のことだが。俺はそれでどれほどお前を傷つけたか、思い知ったんだ。それでも俺は」

「ま、待って、ウォルフ。落ち着いて」

レティシアは早口で捲し立てるウォルフを振り返った。

その瞬間、ウォルフと目が合った――まるで吸い込まれるみたいに。運命によって大昔から決められていたことみたいに。

ウォルフの瞳はぎらぎらと輝いていた。強烈な想いが確かにそこにあった。圧倒されるくらい強い輝きに、思わずレティシアの喉が鳴った。強い視線に呑み込まれて、体が押さえつけられたように動かなかった。

ウォルフは――何かを求めていた。

痛いくらいに伝わってくる。その何かが、視線の先にあるものだということも。言葉よりも雄弁に。

「……お前を愛している」

ざらついた声は、レティシアの心に爪を立てた。

舌が張り付いたように声が出ない。心臓が壊れたみたいに高鳴って、鼓動がすぐ耳元から聞こえているかのように、どくどくと煩かった。

「……どうして、私なの」

何を言えばいいのか分からくて、そう呟くのが精いっぱいだった。

「子供の頃、俺に手を差し伸べてくれただろう」

ウォルフの瞳が僅かに緩む。

そんなことがあっただろうか。実を言えば、子供の頃のことはあまり覚えていない。昔から本に夢中だったたし、しかもその頃は物語を読んでは妄想ばかりしていた。ありとあらゆる光景を思い描いていたせいで、想像のことだったか現実のことだったか区別がつかない記憶が多いのだ。

「だからといって、私じゃなくても……。もっと素敵な女性はたくさんいるでしょう？」

「お前がいい。他の誰もいらない。だから、結婚してくれ――……いや、結婚しろ」

ウォルフは強い口調で言い直した。

さっきまで殊勝に落ち込んでいた姿はどこに行ったのか。いきなり命令口調で言われ、むっとするより呆れてしまう。

「どうせハロルドの求婚は契約結婚なんだろう？」

レティシアはぎょっと目を見開いた。驚かせたことを喜ぶように、ウォルフの口端に笑みが浮かぶ。

「何でそれを……」

「ハロルドから直接聞いたからな」

「ええっ?」

あの複雑な話をウォルフにもしたのかと思ったら、驚きと困惑がない交ぜになった。

「いいか、あんな男との結婚は許さん。自分の身を捨てるような真似はやめろ。お前は真剣にお前を愛している男と結婚するべきだ」

「あ、あなたには関係ないじゃない!」

「大いにあるさ。お前と結婚するのは俺だからな」

「あなたが決めることじゃないわ」

意地になって睨み返す。

だが、ウォルフは僅かも怯みはしなかった。見つめ返す強い視線に、レティシアの方が思わずたじろぐ。

「いいか、断言してやる。この国に——いや、この世に、俺以上にお前を求める男はいない」

大きな手がレティシアの肩をぐっと摑む。

痛くはなかったけれど、その熱さと力強さに心が揺れた。ウォルフの言葉をまだ信じ切ることはできない。でも——たとえ偽りでも、今までこんなにも求められたことはなかった。レティシアは子供の頃から本ばかり読むおかしな子と思われ、同い年の女の子からも男の子からも遠巻きにされてきたから。

寂しかった子供時代が胸を過って、胸に冷たい風が吹いた。

「私と結婚したって、いいことないわ」

レティシアは俯いて呟いた。瞼の奥がつんと痛い。

ウォルフはレティシアの顎を摑み、鼻で笑った。

「お前の趣味のことを言っているのなら、俺はお前がいくら本を読もうが構わない。いいも悪いも関係がない。お前は俺と結婚するんだ」

「……もし、断ったら？」

「お前を傷つけないと誓ったからな。正攻法を使って、毎日お前に求婚するだけだ」

冗談だろう、とレティシアは思った。

だがウォルフは真顔だった。思えばこの男はレティシアに謝罪するために毎日屋敷に通ってきたのだ。嵐の日だろうと、レティシアと話をするまで、氷のように体を冷え切らせて。

一体どこからそんな情熱が生まれるのだろう。まさか、本当にレティシアのことを？　信じていいのか分からない。たとえウォルフの言う通り本心からではなかったとしても、二年前の酷い言葉は今もトラウマになっている。

それでも目の前のウォルフを突き放すことはできなかった。——ぶつけられた想いが、レティシアの心を揺らしていた。

「私は——」

その時、そっとウォルフがレティシアを抱きしめた。

コテージの時のような、乱暴な抱擁ではなかった。ただレティシアを労わるためだけの、優しい腕。ごつごつした大きな手がレティシアの髪を撫で、いとおしそうなキスがこめかみに落ちる。ウォルフは耳元を撫でるように、「愛している」と囁いた。

「俺のものにならなければ許さない」と。

蕩けるような甘い言葉と呆れるくらい傲慢な言葉は、今まで読んだどんなロマンス小説よりも甘く響いた。

鼓動が早鐘を打つ。胸が痛い。どうしてか鼻の奥がじんじんと痺れた。目尻に滲んだ涙をウォルフの指がそっと掬い、端整な顔が間近に迫る。濃い雨の匂いに包まれ、頭の中がくらくらした。

「——いいな?」

淡い碧眼が、レティシアの目をじっと覗き込む。

その強い視線はまるで嵐みたいだった。激しく吹き荒れ、レティシアの心を掻き乱

し、理性さえも奪っていくような。
気が付けば、夢遊病者のようにぼうっとしたまま頷いていた。

第四章　花束の代わりに

嵐の日から二日後。帰ってきた家族にウォルフとの結婚を伝えると、屋敷の中は二日前以上の嵐が吹き荒れた。

一番落ち着いていたのは母だった。それでも心配そうで、目には涙をためていた。

父はずっと難しい顔で唸っていたが、散々話し合った後、納得はしないがレティシアが決めたことならば、と渋々理解してくれた。

最大の問題は兄だった。というより、嵐の中心はほぼトマスだった。レティシアが何を言おうが絶対だめだと首を振り、それでも諦めずに説得しようとすれば、「お兄様は絶対許しません！」としか言わなくなった。

「忘れたのか？　二年前、あいつはお前に酷いことを言ったんだぞ！」

「それは覚えているけど……。ウォルフはちゃんと反省して謝ってくれたわ。だから、あのことはもういいの」

「よくない！　二年程度で人は変わらないいんだよ。あいつは絶対お前をまた泣かせる。

だから絶対にあいつとの結婚は許しません！」

両腕を組んだトマスは子供みたいにつんと顎を上げた。

トマスがどれだけ頑固かは、妹であるレティシアが何より知っている。レティシアはウォルフの屋敷に招かれた時、トマスのことを話した。

「あいつはそう言うだろうな。いい加減妹離れをすればいいものを」

応接間の椅子に腰を下ろしたウォルフは、長い足を組みながら言った。

レティシアは広い室内をゆっくり見渡した。いくつかの家具は新調されていたものの、この部屋は何となく記憶にあった。シンプルなシャンデリア、天鵞絨《ビロード》のカーテン、優美な猫足がついたマホガニー材の棚やテーブル。小花柄のソファーはゆったりと横になれるほど大きく、レースで縁どられたクッションがいくつも置かれている。ウォルフにしては可愛らしい趣味だが、ハウスメイドが選んだのかもしれない。

大きな窓の向こうに広がる庭園も昔と変わらず美しかった。石畳の道が春の日差しに照らされて、真っ白な光の道のように輝いていた。

「あいつとは時間をかけて話すしかないだろう。どうせすぐには結婚できないんだ。ゆっくりやるさ」

ウォルフは肩を竦めて言った。

貴族の場合、結婚が決まるとまず新聞紙面で両家の婚約が発表される。そこから準備に一年か二年をかけて結婚式を迎える、という流れになるのだが、レティシアたちの婚約はまだ公にされていなかった。今年の始めに王弟殿下《でんか》が亡くなったため国中が喪に服しており、そのためレティシアたちの婚約発表も来年以降に延期されることになったのだ。

延期が決まって以来、ウォルフは少し不機嫌そうだった。今もむっつりとしてティーカップに入った紅茶を啜っている。

「全く間が悪いな。よりにもよって今年が喪中になるとは」

「だめよ、ウォルフ。そんなことを言ったら不敬よ」

レティシアは眉を顰めて注意した。

ウォルフはちょっと目を丸くした後、急にふっと目尻を下げて笑った。いきなり何だろう。変なことは言っていないはずだけれど。

「いいな、それ」

「それって……何が？」

「お前に怒られるのは新鮮で、ぐっとくるな」

「は？」

ウォルフは顎を撫でながらにやにやと笑った。

「お前は俺を見ると怯えてばかりだったろう。そういう顔も可愛いな」

「なっ……。怒られる方がいいなんて、まるで変態さんじゃないの」

レティシアは真っ赤になった顔をぷいっと反らした。

結婚を承諾した日から、どうにもウォルフの調子がおかしい。本人曰《いわ》く何も変わりはないというが、今までの悪態はどこへ行ってしまったのか、出てくる言葉は甘い言葉ばかりでどうしたらいいのか分からないのだ。

(これなら前みたいな態度の方が――……うう、やっぱりそっちも嫌だわ)

ぷるぷると首を振る。

嫌なわけじゃないけれど、すごく困る。――言葉だけじゃなく、結婚のことも。

レティシアはそっとため息を吐いた。ウォルフが結婚に関する話をする度、小石を飲んだように少しずつ苦しくなっていく。そんな風に思うことが申し訳なく、罪悪感も募った。

こんな風に思うくらいならどうしてウォルフの求婚を受けてしまったのか、自分でもよく分からなかった。

嵐の日、あの非日常的な空間が、レティシアを少し狂わせていたのかもしれない。初めて見たウォルフの落ち込んだ姿にうろたえ、自身で制御できないくらい心が揺れて、「俺のものになれ」と迫るウォルフの気迫に呑まれていた。

決して嫌なわけではない――だから、本当に困るのだ。自分の気持ちがこんなに不安定で曖昧《あいまい》なことが。今まで恋や愛について真面目《まじめ》に考えたことも感じたこともなかったから、猶更。

できることなら、この結婚は一度白紙に戻してほしかった。そうして落ち着いて考えさせてほしい。だから、婚約発表を延期したことはレティシアにとって何よりの幸運だった。何とかこの間に結婚を見直して、二人の関係を一から始めて——頭が痛くなるくらい、難しい問題だ。

「……おい、聞いているのか？」

ふいに低い声で問いかけられ、レティシアははっと我に返った。

「ご、ごめんなさい。何の話？」

「今から出かけるぞと言ったんだ。早く準備をしろ」

ウォルフはすでに腰を浮かせていた。

つられて立ち上がったものの、出かける予定など聞いていなかった。困惑しながら屋敷の前に停めていた馬車にウォルフとともに乗り込み、あっという間に出発する。

「ねえ、どこに行くつもり？」

レティシアは向かいに座ったウォルフに尋ねた。

大きい馬車だが、ウォルフの足が長いせいで馬車が揺れる度に互いの膝がこつんと触れた。そんな些細《ささい》な接触だけで胸がどきどきして、ウォルフの存在を強く意識する。

「舞踏会用のいい別荘を見つけたんでな。お前にも見せたかったんだ」

答えたウォルフは鼻歌でも歌いそうなくらい上機嫌だった。

裕福な貴族ならば、居住用の屋敷の他に舞踏会用の別荘を持つことは珍しくない。ただ、基本的に舞踏会を主催するのは奥方の役目で、独身者に舞踏会用の別荘は不要なものだ。

「ちょ、ちょっと待って。いくら何でも舞踏会用の別荘は早すぎるんじゃない？」

レティシアは慌てて言った。

「いい物件は早めに手をつけないとすぐになくなるからな。それに、どうせ数年以内には必要になるぞ？」

「それはそうかもしれないけど……」

言葉を濁しながら必死にウォルフを説得できないか考える。

だが、結局何も思いつかないまま、馬車は街を通って東の方へ向かった。

別荘は郊外の丘の上にあった。この国伝統の建築様式の建物で、舞踏会用なら十分な大きさに見えた。濃茶色と外壁に、日差しを弾くスレート屋根はくすんだ赤。等間隔に並んだ窓には蔓草の形をした鋼色の格子がついている。前庭の草木は少ないが、馬車がゆったりターンできるよう開かれていて、屋根が付いたフロントポーチも大きく作られていた。

外からざっと見ただけだが、別荘の外観も、街からさほど遠くない距離も素晴らしい。別荘不足で貴族たちが右往左往している今、これほどの物件をよく見つけたものだ。

「どうだ。中々悪くないだろう」

前庭に立ったウォルフは、満足そうに別荘を見上げた。

確かに舞踏会用にするにはもったいないくらい素敵な別荘だった。あまりに素敵だからこそ、レティシアの胸は沈んだ。せっかくこんなに素晴らしい別荘を見つけてきたのに、結婚の話を考え直そうと言わなくてはならないのだ。

素敵ね、と頷いた笑みが強張る。先を歩くウォルフはレティシアの様子に気付いていない。フロントポーチの階段を上り、鍵を開けて観音開きの扉を開けた。

ウォルフに促されて中に入った。そこはこれまで見た中でも一、二を争うくらい素晴らしいホールだった。美しく磨かれた大理石の床に、豪華なシャンデリアが吊り下げられた高い天井。余計な柱はなく、広々としていて、壁には女神や天使の彫像が並んでいる。向かいには優美な手すりのついた大階段があり、踊り場から左右に分かれて二階へと繋がっていた。

階段はホールの広さと同じくらい重要な要素で、大きければ大きいほどよいとされていた。階段が小さいというだけで、残念な舞踏会と評されてしまうほどだ。どうせ階段など大して使わないのだし、レティシアは気にならないけれど、他の貴族たちにとっては何より大切なことらしい。

「すごい……。よくこんな素敵な別荘を見つけたわね」

「少し前に陛下《へいか》から紹介されたんだ。さすがにここまでの物件とは思わなかったが」

「……は？　陛下って……え、あの？」

「お前、陛下が誰か分からないほど世間知らずだったのか？」

ウォルフは呆れた目でレティシアを見下ろした。

失礼な、とレティシアは頬を膨らませた。それぐらいは誰だって知っている。むっとしたレティシアをウォルフが楽しそうに見ている。

「どうして陛下からそのような名誉を賜《たまわ》ったの？　陛下とお会いできる機会なんて滅多にないでしょう？」

「以前狐狩りに同行させていただいた時、意気投合してな」

ウォルフは平然として言った。

恐れ多くもこの国の王と意気投合したとは、一体どんな状況なのだろう。レティシアはぽかんと口を開けたままウォルフを見上げた。全く知らなかったけれど、もしかしてウォルフは想像以上にすごい男なのではないだろうか。

「信じられない……。陛下と何をお話ししたの？」

「俺の長い片思いについての話だ。俺の不器用さに同情してくださって、色々アドバイスまでしてくれたよ」

「片思い？」

まさか、と嫌な予感がした。

ウォルフは眉を吊り上げてにやにやと笑っている。「それより見せたいものがある」と階段を上り始めた。

陛下との話とやらがものすごく気になったけれど、聞くのがあまりにも怖くて、大人しくついていく。ウォルフは右手に曲がると、突き当たりにあるドアを開け、さらに続く廊下を進んでいった。右手には窓が並び、左手にはドアが三つ並んでいる。ウォルフは一番奥のドアの前で立ち止まり、腰に下げていた鍵束から金色の鍵を取り出すと、それを鍵穴に差し込んだ。

（鍵……？）

レティシアは小首を傾げた。普通、舞踏会用別荘の部屋はほとんどが客間だ。内鍵ならともかく、外鍵をつける必要はない。

ウォルフはレティシアを振り返り、口端を吊り上げて笑むと、先に入るようレティシアを促した。まるで悪戯《いたずら》を仕掛けたような笑みに思わず警戒する。

「大丈夫だ。別に落とし穴があるわけじゃない」

「そう言って子供の頃の私を落とし穴に突き落としたことがあったわよね？」

じろりと睨んでやると、ウォルフはさて何のことやらととぼけた。

レティシアは小さく息を吐き、謎に包まれた――といっては大袈裟だけど――部屋に足を踏み込んだ。

明るかった視界が一瞬で薄暗くなった。目が慣れるより早く、鼻が覚えのある匂いを捉える。レティシアの目が大きく見開かれ、静かな興奮が胸いっぱいに広がり始めた。とくとくと心臓が高鳴る中、夢遊病者のようにふらふらと部屋の中へと進む。

そこはまるで夢のように素晴らしい部屋だった。壁に埋め込まれた書架、軍隊のように一部のずれなく並んだ本棚、そこにぎっしりと詰め込まれた本。

レティシアはきらきらと目を輝かせて本棚を一つ一つ眺めた。ロマンス小説や冒険譚だけではない。神話、歴史、地理、天文学、詩集、文学、動物学、植物学――背表紙を見るだけで涎《よだれ》が出そうで、ごくんと唾《つば》を飲み込んだ。

「お前な、餌《えさ》を前にした犬ですらもっと上品な顔をするぞ」

後ろからやってきたウォルフが呆れたように言った。

だが、その顔は得意げに微笑んでいる。レティシアは酷い悪口にも全く気付かず、大きな身振りで本棚を示した。

「ウォルフ、本よ！　本だわ！」

「ああ。見れば分かる」

「すごい、この数とこの種類！　これなんて希少本よ！　こんな昔の本まで……。あっ、これずっと探していた本だわ！」

「おいおい、少し落ち着け」

ウォルフがなだめるように言ったが、レティシアは顔を真っ赤にして本棚の回りをぐるぐる回った。

頬の筋肉が変わってしまったみたいに、にこにこと浮かぶ笑みが止まらない。赤や緑、黒や茶色など、ざらざらした背表紙を撫でるだけで恍惚《こうこつ》とした幸福感が込み上げる。ふわふわしたまま部屋の隅から隅、背表紙の一つ一つをしっかり眺めた後、レティシアはようやくある存在に気付いた。そういえば、部屋の中には本以外にもう一人、レティシアを待つ男がいた。

さっと青くなって振り返る。怒っているかと思えば、ウォルフは腕を組んで壁によりかかったまま、静かにレティシアを見つめていた。

「気に入ったか？」

レティシアはきょとんとした後、勢いよく「もちろんよ！」と答えた。

「ここはウォルフの書斎？　すごいわ、あなたもこんなに本を読むのね！」

「俺も読書はするが、ここはお前の書斎だ」

そう言ったウォルフは、固まったレティシアを見てまた得意げに笑った。

「驚いたか？」

「驚くわよ！　もう、またそうやって冗談ばっかり……！」

「冗談じゃない。この書斎はお前のものだ。本は俺が適当に揃《そろ》えたが、後はお前の好みで入れ替えればいい」

レティシアは今度こそ息が止まった。

目を見開いたまま、本とウォルフを交互に見つめる。まさか、こんな素晴らしい書斎と本が？　信じられなくて頭がくらくらする。よろめいて近くにあった何かに手を置くと、それはレティシアと同じくらいの高さの脚立だった。

「届かない本はそれを使え。部屋の隅に机もあるぞ」

ウォルフはにやりとして言った。

まさに至れり尽くせり。天国のような部屋。

レティシアは脚立に凭れたまま、頭に上った血を下ろすように何度も大きく深呼吸した。

しばらくして、ようやく少しだけ落ち着いてきた。まだ足元はふわふわしていたけれど。面白そうにレティシアを見ているウォルフを振り返り、ふと疑問を抱く。

「……あの、本当にいいの？」

「もちろんだ。この部屋はお前の好きにするといい」

「でも、嫌じゃないの？　私が本を読んで……」

急に不安がこみ上げてきて、語尾が小さく消えた。

ウォルフは意味が分からないというように顔を顰めていたが、やがて何か察したのか「ああ」と呟いた。

「女が本を嗜《たしな》むなどはしたない、というあれか。馬鹿馬鹿しい。そういうことをいう男は、プライドばかり高いただの馬鹿だ。奴らは女が知識を得ることが耐えられないのさ。自分の無知無能がばれるからな」

くだらない、とウォルフが吐き捨てる。

レティシアは呆然としてウォルフを見つめた。昔から女は勉強しすぎてはいけないと言われていたが、ずっと理由が分からなかった。まさかそんなことが原因だったなんて、本当に下らなくて信じられない。

「わ、私は別に他人の無知をあげつらうために本を読んでいるわけじゃないわ」

「分かっている。だが、そう思わない男がいるということだ。本を読むのは面倒くさい、でも女が本を読んで自分より賢くなるのは許せない――だったら、女から本を取り上げてしまえ、とな。他人の足を引っ張ることしか考えられない無能どもだ」

「そんな……」

レティシアは小さく首を振った。

そんなことのために女は本を読んではいけないのか。しかも、女はそれを淑女の嗜みとして受け入れてきてしまったのか。あまりに虚しくて、浮かれていた気分が沈んだ。

ウォルフは痛ましそうに目を細めると、大きな手を伸ばしてそっとレティシアの頭を撫でた。

労わりに満ちた手に心がじわりと温かくなる。読書を続ける限り、レティシアを見る周囲の目は変わらないだろう。でも、ウォルフはレティシアのことを理解し、認めてくれている。そのことが何よりも嬉しい。

「……ありがとう、ウォルフ」

微笑んだレティシアは、無意識のままウォルフの手に頬を擦りつけていた。

ウォルフが息を呑む。その瞬間、淡い碧眼の色が僅かに変わった。優しさを含む輝きから、もっと別の何かに。

頬を包んでいた手がするりと滑り、レティシアの顎に掛かった。

頭の片隅で危険を知らせるサインが瞬く。けれど、すでに他の命令に搦《から》めとられたように、指一本動かない。

ウォルフの顔がゆっくりと近付いてくるのを、レティシアはただ見つめていた。

後頭部に回った手が、レティシアの結った髪をくしゃくしゃに乱していく。

はらりと零れた黒髪が肩や背中にさらさらと落ちた。普段なら気にならないのに、今はそんな些細な感触にすらぴくっと震えてしまう。

ウォルフはさらにレティシアの黒髪を撫で回した。手櫛で梳《す》いては、髪の生え際をそっとなぞっている。柔らかで繊細な羽毛で撫でられるような愛撫だった。焦れるくらいにくすぐったくて、熱い吐息が重なった唇から漏れる。

「はっ……」

小さな呻きはすぐにキスの奥に消えた。

ふいに始まった口づけは蕩けるように甘くて、執拗だった。ウォルフはレティシアの頭を両手で包みながら、角度を変えて何度も唇を奪った。

先日のように舌は入ってこなかった。ウォルフはただレティシアの柔らかな唇を確かめるように音を立てて啄《ついば》んだ。時折軽く食まれ、ちゅっと吸われては、尖らせた上唇でレティシアの唇を弾かせる。戯れみたいな優しいキス。

頭の片隅で、これ以上はだめだと何かが囁く。でも、キスをされる度に頭がぼうっとなって、何がだめなのか思い出せない。

「レティ……」

子供の頃のように呼ばれた瞬間、胸の奥が熱くなるほど切なくなった。

ウォルフは音を立てて口端を吸うと、柔らかな唇を滑らせた。レティシアの形の良い顎から首筋へ、それから鎖骨へ。鎖骨の形をゆっくりとなぞり、震える肩に。

ウォルフの高い鼻先がレースのついた袖を滑り落とす。むき出しになった白い肩にキスが落ち、体が小さく跳ねた。

「あっ……」

薄い肌をきつく吸われ、背筋がぞくりとする。

ウォルフはいとおしそうにキスを落としながらレティシアの胸にそっと手を当てた。ドレスの上から武骨な手で包み込み、円を描くように揉む。

「やっ、だめっ……！」

ゆったりとした愛撫は、次第にはっきりと欲望を滲ませたものに変わった。

胸を下から持ち上げ、柔らかく形を変えた膨らみを軽く圧し潰される。中指が膨らみの中央あたり——乳首があるあたりをくるくると擽り、もどかしい熱がこみ上げてくる。

「んっ……はぁ、あっ……！」

俯いて首を振っていると、ぴたりと合わせた太腿の間にウォルフの足がぐっと差し込まれた。

服を通しても分かる逞しい太腿が、レティシアの股間を押し上げる。密着したままぐりぐりと擦られ、刺激された秘部がドレスの奥できゅうっと疼いた。

「いやっ……おねがい、やめ……っ」

「何が嫌なんだ？」

ウォルフはレティシアの耳朶を食みながら言った。

嫌——……嫌なのに、淫らな吐息に感じてしまい、うまく考えることができない。

レティシアが戸惑っていると、ウォルフは「ん？」と蕩けるくらい優しく促し、太腿を軽く揺らしてくる。

「あぁっ……！」

堪らなかった。ウォルフの動きを止めようと足に力を入れれば余計に密着してしまい、さらに淫らな熱が籠る。

ウォルフは胸を優しく揉みながら、尖らせた舌先でレティシアの耳の凹凸《おうとつ》をなぞった。上から下へ、何度も往復して迷路を進むように。ぴちゃぴちゃといやらしい音が響いて体が甘く痺れる。耳を舐められているだけなのに、下腹のあたりがじんじんする。

レティシアは愛撫から逃げるように首を振った。これ以上はいけない、とかすかに残った理性が囁く。訴えるように涙目でウォルフを見れば、ウォルフはあの嵐の日のような強く求める目をしていた。

「あっ……」

「感じるか……？」

肉厚の舌が耳孔を擽る。

気持ちいい。だから、とても困る。

ウォルフの手がドレスの襟をずり下げると、コルセットとシュミーズの下からレティシアの真っ白な胸を露わにした。コルセットに引っかかっているせいで胸の半分ほどだけだったが、ちょうど乳首がぎりぎり見える位置までドレスを下げられたせいで、裸よりも卑猥なように見える。

「やぅっ……！　あっ、だ、だめっ、そこは……！」

くにくにと指先で抓まれた乳首が、あっという間につんと張り詰めていく。

恥ずかしいのに硬くなるのを止められない。ほんのりと赤く染まった突起は果実のようだった。悪戯な指が乳首を根元から弾き、柔らかな胸に埋め込むように押し潰し、こりこりと抉る。

目も眩《くら》むような快感に腰が震えた。足元から崩れないよう内腿に力を入れた時、レティシアははっと息を呑む。熱を持った下腹の奥あたりが——言葉にできないはしたないところが、ぬるりと濡れ始めている。

「いやっ……！」

レティシアは咄嗟にウォルフの肩を押した。

だが、ウォルフはびくともしない。レティシアのこめかみに唇を押し当てたまま、

「何が嫌なんだ？」とうっとりするほどの美声で尋ねる。

「気持ちがいいんだろう？」

「だ、だって……」

「いいから力を抜け。余計なことは考えるな」

もっと気持ちよくしてやる、とウォルフは太腿を揺すり上げた。

レティシアは首を仰け反らせて喘いだ。ぬめり始めた陰部が布に擦れ、甘い悦楽が広がっていく。

「やっ……こ、ここじゃ、本を汚しちゃうから……！」

叫んだ途端、ウォルフは目を瞬かせて手を止めた。

「ふっ、全くお前の本好きには負けるよ」

「あ、あの、そういうわけじゃ……」

レティシアは赤くなって慌てた。

咄嗟に出てきた言葉がこれだったというだけなのだが、説明するのも難しい。でも、とにかくウォルフの手が止まったことにほっとしていると、急に肩を摑まれて、くるりと体の向きを変えられた。

「え？」

目の前に並ぶ本を眺め、きょとんと目を丸くする。

「確かにお前の本を汚すわけにはいかないからな。もう少し足を引いて、本棚に手を置け」

「えっ、あの……ちょ、ちょっと⁉」

訳が分からないでいると、じれたウォルフに腰を引かれ、目の前の本棚を摑まされた。

思いがけずお尻を突き出すような格好になり、恥ずかしさのあまり首まで真っ赤になる。レティシアの背後に膝をついたウォルフはドレスのスカートをたくし上げ、腰のあたりまで捲った。

「ウ、ウォルフ！　何を……っ！」

「本を汚さないようにしてやるだけだ」

そう言って、ウォルフはレティシアの太腿に口づけた。

柔らかな唇と骨ばった手が膝の裏から太腿をゆったりと撫で回す。薄く開かれた唇がお尻のあたりまでくると、レースのショーツの端を舌先でつぅっとなぞった。

「ひゃんっ……！」

お尻がぴくんと跳ねても、ウォルフは構わず唇を滑らせた。

大きな両の掌が太腿を包み込み、そのままショーツの下へと滑り込んでくる。滑らかな肌を撫で、左右に割り開くように揉まれると、僅かに捲れた媚肉が濡れたショーツに擦れた。

「んっ……！」

ぞくぞくと蕩けるような痺れが走り、膣の奥がきゅっと疼いてしまう。

「こんなに綺麗な足をしていたとは知らなかった。尻も小さくて可愛いな。お前の体はどこもかしこも俺好みだ」

「やっ……そんなところで、話さないで……！」

「細いくせにこんなにも柔らかくて……くそ、たまらないな。これほど極上の手触りは初めてだ」

「あっ、やぁっ……、んっ、ああっ！」

ウォルフの指がショーツのステッチをするりと撫でた。

ひやりと湿った布が押し当てられ、レティシアの顔がかぁっと熱くなる。いつの間にかショーツはびしょびしょになっていた。武骨な指はいやらしく濡れた布を撫で、縮こまった秘裂をぐりぐりと抉り、さらにショーツの染みを広げようとする。

「いやっ、やだっ……下着……よごれちゃう……あっ、あんっ！」

「ドレスがあれば下着がなくても見えないだろう？」

「そんな……！」

まさか下着も穿《は》かずに馬車に乗れというのか。想像するだけで恥ずかしく、レティシアはいやいやと首を振った。

だが、ウォルフは小さく笑いながら、思わせぶりに指を上下させている。次第にそこからぬちゃぬちゃといやらしい音が聞こえてきて、耳を疑った。

「すごいな。絞れるほど濡れているぞ？」

「そ、そんなの、うそ……あっ、ふぁっ……！」

ふいにウォルフがレティシアの下着を下ろした。

すっかり濡れそぼった下着が足首に絡み、レティシアの白く丸いお尻が露わになる。

ウォルフに下着を擦り付けられていたせいで、粗相をしてしまったかのように股間全体が濡れていた。

恥ずかしくてたまらなかった。こんな淫らな姿を見られていることも、濡れた淫唇が外気に触れただけで、ぞくっと快感を得てしまったことも。

ウォルフはいとおしそうにレティシアの白い双丘を撫で、軽くキスを落とした。再び両手で尻肉を割り開き、露になった会陰に唇を寄せていく。

「あんっ！」

熱い舌先がちろちろと会陰を舐め、細かく上下しながら、柔らかな媚肉の方へと滑っていった。

「甘いな……。まさに蜜のようだ」

自ら塗り広げた蜜を啜りながら、ウォルフはうっとりと囁いた。

「甘くなんてない……！　だから、やめて……」

「極上の蜜のようだぞ？　何ならお前も舐めて確かめてみたらどうだ」

からかわれていると知りながらも、レティシアは必死になって首を振った。

ウォルフは「それは残念」と半ば本気に聞こえる声で呟いた後、舌を長く伸ばして秘裂を端から端までゆっくりと舐めた。

「ひぁっ……！」

「ん……美味いな……」

舌先を窄《すぼ》め、美味しそうに蜜を啜る。

愛撫されればされるほど蜜が溢れ、内腿をつぅと伝った。太腿にあったウォルフの手が指先でそれを掬い、レティシアの柔らかな双丘を揉みながら塗り広げていく。

「あっ、あぁっ……やっ、もう、やだ……！」

「いやだと言う割には、こっちの口は喜んでいるぞ？　ぴくぴくと淫らにひくついて、ぐっしょりと濡らして……ふっ、感じたのか？　今きゅっと締まったぞ」

ウォルフは小さく笑って舌先を揺らした。

そんな恥ずかしいことを言わないでほしい。そう思うのに、喘ぎ声ばかりが零れてうまく言葉にならない。

肉厚の唇はさらに奥へと潜り込み、包皮に包まれた肉芽を擽った。鋭敏な刺激にびくんとお尻が跳ね、逃げるようにくねる。ウォルフはしっかりと双丘を両手で摑んだまま、小さな花蕾《からい》のような肉芽を舐めしゃぶった。

「ひぁっ！　ああっ、そこ舐めちゃ……あっ、やぁっ、あん！」

肉芽を吸い上げられると、凄まじいほどの快感だった。

スカートを乗せられた背中がぴんと反り返り、内腿がぴくぴくと引きつる。散々舌で弄ばれた肉芽は痛いくらいに張り詰め、舌先で転がされる度に鋭いくらいの悦楽が走った。

レティシアは喉を反らし、ウォルフの唇から逃れようと身を捩った。けれど、その動きがどんなに淫らで誘うようなものになっていたか、全く気付いていない。

背後に跪くウォルフがごくりと唾を呑んだ。膣孔に唇を押し当てたまま荒い息を吹きかけられ、背筋がぞくぞくと粟立《あわだ》つ。

「自分がどれほどいやらしい格好をしているか分かるか？　もの欲しそうに尻を揺らして、下の口をひくひくさせて……。最高だよ、お前は」

ウォルフは膣孔に口づけながら、うっとりと喉を鳴らした。

「し、知らない……。私、そんなつもり……あっ、んぁあ！」

「恥ずかしがるな。感じるままにもっと乱れればいい」

そう囁いて、ウォルフはじゅくっと膣孔を啜った。

熱い。熱くて蕩けてしまいそうだ。腰ががくがくと震え、本棚に爪を立てて崩れそうになる体を支える。何とかはしたない声を抑えようとするけれど、口淫は執拗で巧みだった。

唾液と蜜にまみれた淫裂に骨ばった指がくぷりと潜り込んでくる。小刻みに抜き差ししながら、関節が内襞をこりこりと刺激していく。

「ひっ……いやぁ……だめっ、そこはだめ……あっ、あうっ、ああっ！」

「ここがいいんだろう？　痛いくらい俺の指を締め付けてくるぞ」

「ち、ちが……あっ、ひっ！」

レティシアは啜り泣きながら首を振った。

もう一本指が増え、蜜壺の中を掻き回していく。中を広げるように一本ずつがばらばらに動き、関節を曲げ、ぐぷぐぷと淫らな音を立てて抉る。

激しい快感に頭の芯《しん》が燃えるようだった。感じれば感じるほど蜜壺が歓喜に震え、指をより奥へ誘おうと強く締め付ける。もっと淫らではしたないところへ。もっと乱れ狂う中へ――。

「ああぁ……、んっ……くぅ……」

必死に唇を引き結び、声を押し殺そうとした。

その瞬間、二本の指が引き抜かれた。その擦れる感触にすら感じてしまい、「あんっ」と甘い声が漏れる。

「まだ欲しかったか？」

笑いながら問われ、レティシアは必死に首を振った。

「本当に素直じゃないな」

ウォルフは呆れたように言う。

それをウォルフが言うのか、と睨みつけてやろうとした時、まだひくひくしていた秘裂に熱く硬いものが押し当てられた。

レティシアは目を見開いた。首を捻って後ろを見れば、いつの間にかウォルフが立ち上がり、レティシアの背に覆い被さるようにして顔を寄せている。

「あっ……」

だめ、というより先に腰が突き上げられた。

熱い楔の先端が媚肉を捲る。狭い内襞をこじ開けるようにして、ゆっくりと中に入ってくる。

「ひぁっ……いやっ、やっ、だめっ……！」

本棚に爪が食い込んで、がりっと音を立てた。

しとどに溢れた蜜のおかげで痛みはなかった。けれど、太い怒張の圧迫感は凄まじく、奥へ進むにつれこめかみに汗が滲んでくる。

「くっ……力を抜け……」

ざらついた声でウォルフが囁く。

それができるなら、とっくにそうしている。言い返す余裕もなく、レティシアはただ首を振った。すっかり乱れた黒髪がぱさぱさと音を立て、汗の滲んだ額や首筋に張り付いた。

静かな書斎に二人の荒い息が淫らに響く。ウォルフはレティシアの腰に指を食い込ませ、さらに腰を押し進めた。抵抗するように内襞が締まり、進んでは僅かに引き、また小刻みに揺すりながら奥へと潜る。その度にじゅぷじゅぷと粘着質な音が響き、二人の吐息に絡んだ。

「やぁっ、あん、ああっ……！　もう、むりっ……ぐりぐり、しないでぇ……！」

「こんなに俺を締め付けてくるくせに、何を言っているんだ？」

ほら、とウォルフは腰を回すようにした。雁が内襞を抉り、濡れた蜜壺が引きつった。ぴたりと密着した襞から脈打つ屹立の形がはっきりと伝わってきて、下腹がじゅんっと熱くなる。

進んでは引き、じっくりと太い怒張に慣らされて、全身が甘い悦楽の中に浸されて怒張は蕩け始めた膣の中を押し進み、やがて根元までぴたりと埋め
いくようだった。

込まれた。

「はぁっ……」

大きな息を吐いたのは、どちらだったのか。

信じられないほど大きな陰茎を受け入れた体が小さく引きつる。熱くて苦しくて、
零れる涙が止まらない。

「よく頑張った。いい子だ……」

ウォルフは優しく囁いて、レティシアの背中にキスを落とした。

まるで子供みたいな扱いが恥ずかしい。でも、今までウォルフに褒められたことが
なかったせいか、胸がどきどきしてしまう。

ウォルフは小さく笑って腰を突き上げた。亀頭を膣の奥に押し当てたまま、角度を
つけて抉るように。

「ひぁっ、あぁっ……あっ、やぁっ……！」

「くっ……」

あまりの快感に視界が白く瞬いた。

腰に力が入らず、がくがくと大きく揺れる。その揺れで膣奥を雁で擦られてしまい、快楽を喜ぶように内壁がうねった。

みっしりと埋め尽くされた中は陰茎をぎゅうっと握りしめるようにきつくて、でもとろとろに蕩けていた。まるで自分の体がおかしくなってしまったみたいだ。初めて感覚が怖いのに、ウォルフが甘い吐息を漏らすと、レティシアの体の奥で喜びのようなものに満ちていく。

「レティ……レティ……ああ、くそっ……！」

ウォルフは必死で言葉を探していたが、うまく言えずに舌打ちした。

言葉に変えて想いを伝えるように、腰が力強く突き上げられる。レティシアの体が浮いてしまいそうなほど荒々しく、情熱的な律動。ぐちゅぐちゅと淫らな音が響き、泡立った蜜が肉茎によって掻き出され、太腿へと伝っていく。

「ああっ、やだっ、やぁっ……！　おかしくなっちゃ……あっ、あんっ、ぐりぐりしちゃだめ……ふぁっ、あん！」

はしたないと分かっていても、甘い声が止まらない。頭が朦朧として、自分が何を口走っているかさえ分からなかった。

ウォルフはレティシアの双丘を両手で鷲掴《わしづか》みにし、左右に押し広げながらさらに腰を押し付けた。怒張がさらに奥まで潜り、膣の奥にあったしこりをコリコリとつく。途端に閃光《せんこう》のような快感が四肢まで駆け抜け、レティシアの背中が大きく反り、汗ばんだ双丘がいやらしく振り乱れた。

体がぐずぐずに溶けてしまう——恐ろしくなるほど体が滾《たぎ》り、きゅうきゅうと窄まる膣から蜜が溢れた。灼熱《しゃくねつ》の楔はより激しさを増して奥を突き上げ、雁でしこりを抉り、ぎりぎりまで引き抜いてはまた奥を貫いた。容赦なく、壊れそうなほどに。

「くっ……出すぞ……っ！」

ぼうっとする意識のどこかで、ウォルフの苦しそうな声を聞いた。

その瞬間、子宮口をついた怒張が痙攣しながら絶頂に達した。熱いと感じるほど勢いよく迸《ほとばし》った体液が、膣の中を満たしていく。

内襞に染み渡る感覚が快感へと変わり、蜜と体液が混じり合ってくぷっと音を立てると、下腹の奥から奔流が込み上げてくるようにレティシアの体が震えた。

「あっ——……」

大きな風が吹き抜けたように、甘く切ない悦楽が体の隅々まで広がった。

頭の先から爪先までぴんと張り詰め、首を大きく反らしたまま意識も体もその快感に支配されたみたいだった。四肢が引きつって、頭がくらくらと痺れて——世界が変わってしまうように、視界が霞《かす》んでいく。

やがて我に返ると、レティシアはいつの間にか座り込んだウォルフの膝に乗せられていた。

「大丈夫か？」

そう問いかけながら、ウォルフはレティシアの汗に濡れた髪を梳いていた。

レティシアはぼんやりしたまま自分の体を見下ろした。スカートは下ろされ、胸元の襟や袖も元に戻されていたが、びしょびしょに濡れた下着だけは足首に絡んだままだ。

その卑猥な光景と下着を穿いていない心許《こころもと》なさに顔が赤くなる。かといって、こんなに汚れてしまった下着をまた身に着けるわけにもいかない。

（まさかこんな所でするなんて……）

レティシアは頭を抱えたくなった。前回とは違い、しっかり抵抗できなかった自分を心の中で罵倒する。レティシアにとっては聖域のような書斎でしてしまったことも信じられないけれど、婚約を考え直そうとしている相手にまた体を許してしまうなんて、どれほど意思が弱いのか。

「どうした？　体が辛いのか？」

ウォルフはレティシアの顔を覗き込むようにして言った。

「ええ、まぁ……」

頷いたのは半分本当で半分嘘だった。

「悪かったな。お前があまりに可愛らしくて、つい加減ができなかった。次は気を付けるが、お前もあまり俺を煽るなよ」

「あ、煽ってなんかいないわ！」

「お前が気付いていないだけだ」

まるでこちらにも責任があるように言われ、むぅっと頬を膨らませる。こういうところは昔と同じく意地悪なままだ。

ウォルフは笑みを浮かべ、レティシアの頬にちゅっとキスを落とした。「膨れっ面もそそるな」とうっとりした声で言う。

「……どこまで本気で言っているの？」

「もちろん全部本気だ。俺は素直になると決めたからな」

「じゃあ、今度ぶすって言われたら本音だということ？」

少しやり返してやりたくて尋ねると、ウォルフは鼻で笑った。

「言うわけがない。お前は俺が知る中で一番綺麗で可愛い女だ。体も、体の感度も最高だ」

レティシアは顔を赤くして黙り込んだ。素直でもからかわれている気分になるなんて、すごく性質《たち》が悪いと思う。

落ち着いた後、レティシアたちは別荘を出た。

早速大量の本を読みたかったけれど、少し時間をおいてからでないとあの恥ずかしい行為を思い出しそうだったし、何より下着も穿かないまま本を読むなんて、いくら読書好きでも無理だ。本当はこのまま外に出ることだって抵抗があった。かといって、使用人に下着だけ持ってきてもらうわけにはいかないし——そう言ったら、ウォルフは「俺が持ってこようか?」と言った。もちろん「絶対やめて!」と激しく拒否したけれど。

「あの、私の屋敷に帰りたいんだけど……」

「湯を用意させる。体を流してからの方がいいだろう?」

言われてみればその通りで、ウォルフの屋敷に戻ると素直に湯を借りた。

風呂から上がると、脱衣所の化粧台の上に新しいドレスと下着が用意されていた。レティシアが手伝いを遠慮したので、周囲にメイドの姿はない。貴族の中にはメイドがいないと着替えもできない娘もいるが、レティシアは母から何でも一人でできるようにと教育されているため、手早くドレスを身に着けることができた。淡い紫のドレスはまるで誂《あつら》えたようにぴったりだった。

(もしかして私のために用意してくれたのかしら……)

ウォルフの母親は他界しており、姉妹もいない。もし他に恋人や愛人がいればドレスがあってもおかしくないが——いや、そう考えるのはいくら何でも失礼だろう。多分、レティシアのために準備してくれていたのだ。

細やかな気遣いが嬉しく、心に重たかった。あの書斎といい、ドレスといい、ウォルフはレティシアに色んなものを与えようとしてくれている。それなのにレティシアは何か返すどころか婚約破棄について考えている。そう思ったら自分が酷く卑怯《ひきょう》でずるい人間に思えて、胸がずきずきと痛んだ。

(早く、話をしなくては……)

レティシアは化粧台の鏡に映った自分を眺め、決意を新たにした。

決してウォルフが嫌いというわけではないのだ。そのことをまず伝えて、それから自分の気持ちを伝えれば——あれこれと作戦と段取りを考えていた時、

「えっ、それ本当なの?」

ふいに脱衣所の外から甲高い女性の声が聞こえた。

次いで、慌てて「しっ、声が大きい!」と叱《しか》る別の女性の声。声の主に覚えはなかったが、その会話の雰囲気には覚えがあった。レティシアの屋敷でも時々聞こえてくる、メイドたちの内緒話。

どこのメイドも同じなのだなぁと思いながら、彼女たちが立ち去るのを待った。け

れど、まだひそひそ話は続いている。自分の屋敷ならともかくウォルフの屋敷ででしゃばるわけにもいかないし、どうしようと困っていると、また「うそーっ」と高い声が聞こえた。

「だからあんた声が大きいって！」

「だって、本当にウォルフ様のお相手がバーク家のお嬢様なの？　どこにもそんな話出てないじゃない」

「王弟殿下の喪中だから控えてらっしゃるんでしょ。でも、間違いないわよ。今日お二人でお出かけになられたって庭師が言っていたもの」

「そりゃバーク家とうちは昔から親交があったけど……。でもねぇ、まさかあそこのお嬢様とねぇ」

彼女たちの声を聞きながら、レティシアはますます困惑した。

どうやら彼女たちの話は自分のことらしい。婚約のことは身内にしか話していないが、緘口令《かんこうれい》を敷いていたわけではないで、家の者にも徐々に広がっているのだろう。盗み聞きしたくないのに、脱衣所の出入り口は一つきりで逃げ道がなかった。物音でも立てればこちらの気配に気付いてくれるだろうかと思ったけれど、程よく音が出そうなものが見つからない。

「バーク家のお嬢様ならお家柄も悪くないし、綺麗な方じゃない。何をそんなに渋い顔してんのよ」

「だって、バーク家のお嬢様って言ったらあれよ？　あれ。本狂いのお嬢様」

レティシアは息を呑み、両手で胸を押さえた。

鼓動がとくとくと早鐘を打ち始めている。聞かないほうがいい、と頭のどこかで警告が鳴っているのに、足が張り付いたように動かない。

「ああいう方と結婚したら後々面倒になるって決まっているのに、何をお考えなのかしらね」

「それだけ想いを寄せてらっしゃるんでしょ。あの方のために大量の本をご用意されたって噂よ？」

「嘘でしょ⁉」

「本当だって。別にいいんじゃないの？　それくらい。高価なドレスやアクセサリーを貢ぐわけじゃないんだし」

「よくないわよ。本狂いのお嬢様がノーランド家の奥方になったりしたら、いい物笑いの種だわ。第一、ああいう内気な方に社交ができるのかどうか……。ウォルフ様の叔父様《おじさま》だって反対されるわよ。あの方は常々ノーランド家にふさわしい嫁を娶《めと》れってうるさかったし」

「そうねぇ。絶対あの方は反対されるわね。……あ、まずい。メイド長よ」

ぱたぱたと慌ただしい足音が去っていった。

しばらくその場に立っていたレティシアは、ゆっくりと息を吐いて化粧台に手を置いた。鏡に映る自分を見る。固く強張った酷い顔をしていた。

（彼女たちの言う通りなのにね……）

ああいった陰口は今までにも散々言われてきた。もう慣れたとはいえ、やはり気は重い。

けれど、どうしてだろう。今日はいつもよりも胸が痛くて、苦しい。自分でも分かっていたくせに――レティシアと結婚すれば、ウォルフが悪く言われると。だから反対意見が出るのも当然で、親類関係だって悪化するかもしれない。

レティシアはきつく目を閉じた。やはり婚約の見直しについて早く話し合わなければならない。実利を重んじる理知的なウォルフならば、話し合えばきっと事の重大さを分かってくれるはずだ。そうすれば、ウォルフもレティシアとの婚約を破棄しようと言うだろう。

（そうするべき、よね）

レティシアはうずくまり、膝の間に顔を埋めた。

心が痛い。どうしようもなく。

ウォルフにふさわしくないということが、どうしてこんなにも辛いのだろう。ウォルフとの結婚なんて考えてなかったくせに。まだウォルフの気持ちを完全には信じきれていないくせに。

レティシアは大きく息を吐いて膝を抱えた。温まった体が冷え切り、ぞくぞくと震える。今はもう、何も考えたくなかった。

第五章　絡み合う恋路

　空はよく晴れ、花の香りを含んだ甘い風が吹いていた。

　三番大通りの東にあるトゥール・リテは昔から貴族たちに愛されてきたカフェで、周囲の高級店で買い物を楽しんだ後、ここでお茶をするのが定番コースとなっている。中でも二階のベランダ席は格の高い上流貴族だけが座れる席で、王族のように高見からお茶を楽しむのは貴族の間で一種のステータスとなっていた。

　レティシアは何度か母親に付き合ってトゥール・リテでお茶を飲んだが、一人で来たことはない。男性と来るのも今回が初めてだ。改めて周囲を見ればベランダ席は夫婦や恋人らしき貴族たちばかりで、様々な香水の香りと甘い雰囲気が胸やけするくらい漂っている。

　レティシアとウォルフも周りの恋人達のように向かい合い、美味《おい》しいお茶を飲んでいた――のだが、ロマンティックな空気はどこにもなかった。レティシアを見つめるウォルフの顔に浮かんでいたのは、女性を口説《くど》こうとする爽《さわ》やかな笑みではなく、怒りを込めた凶悪な表情だった。

「お前は何を馬鹿なことを言っているんだ？」

予想していた反応とはいえ、鋭く睨《にら》まれると足が竦《すく》むほど怖い。

レティシアはカップをぎゅっと握りしめ、何とか気持ちを奮い立たせようとした。

それでも落ち着かず、薫《かお》り高い紅茶を一口飲み、ふぅと息を吐く。

「でも、大事なことよ。もっと慎重になるべきだわ」

それだけ言うと、ウォルフの視線がますます凶悪さを増す。

「お前が本狂いの女だから、その悪評がなくなるまで結婚を延期したいというのか？だったら聞くが、お前本を読むのをやめられるのか？」

「それは……」

レティシアは口ごもった。

たとえ嘘《うそ》でもやめるとは言えなかった。嘘をついたところで、読書の趣味を隠し通すことはできないだろう。実際に読書をやめるのは、もっとできそうにない。

「だとしたら、結婚自体をやめるとでも？」

ウォルフは鋭い音を立ててカップを置いた。

そうとも違うとも言えずに俯《うつむ》く。強く感じる視線が肌に突き刺さるようで、鼓動が早鐘を打ち始めた。

周囲の恋人たちが愛を囁《ささや》く中、レティシアたちの席だけは重苦しい沈黙が流れた。

やがてウォルフは大きくため息を吐いた。怒りよりも呆《あき》れているようだった。

無理もない。いまさらそんなことを言うぐらいなら、初めから結婚を承諾しなければよかったのだ。それなのに、あんな立派な書斎まで用意してもらって、雰囲気に流されたとはいえ体を許して――我ながら酷《ひど》い優柔不断さだと思う。自己嫌悪がじくじくと胸に突き刺さり、涙が滲《にじ》みそうになる。

「……俺のことを思って婚約破棄を申し出ているのなら、結婚をやめる気はない」

ウォルフは低い声で言った。

「で、でも、ウォルフならもっといい人が……」

「それ以上言ったら、今すぐお前を俺の屋敷に監禁して三日三晩抱くからな」

もちろん不眠不休だ、とウォルフは不気味なほど爽やかに笑った。

いくら冗談でも――かなり本気に聞こえたが――レティシアとっては恐ろしい脅しだった。出かけた言葉を飲み込み、代わりにずっと疑問だったことを尋ねる。

「……ねぇ、どうして私なの？」

ウォルフは鼻を鳴らして言った。

「お前は天使だと言っただろう」

レティシアが困惑すると、ウォルフは頬《ほお》を緩めて笑った。

「冗談じゃない。俺は本気で言っているんだ。出会った頃からずっと、俺はお前のことを天使のようだと思っていた」

「……信じられないわ、そんなこと」

「俺がお前をぶすと言ったからか？」

二年前の痛みを思い出して、胸がつきんとする。でも、その痛みに以前のような鋭さはなく、丸みを帯びてすぐに転がっていってしまった。

「それもあるけど……。私、天使と言われるような人間じゃないわ。どうしてそんな風に思うの？」

「子供の頃、俺は落ちこぼれだった。字も中々覚えられなかったし、毎日家庭教師に叱《しか》られていた。覚えているか？」

穏やかに問われて、レティシアは小首を傾《かし》げた。

あまり記憶になかった。むしろウォルフは覚えが早い子供だった気がする。

「どうにも家庭教師と相性が悪かったらしくてな。退屈な授業が我慢できなくて、よく逃げ出していた。その時たまたま遊びに来ていたお前が俺に色々教えてくれたんだ」

「わ、私が？」

「覚えていないのか？」

じっとこちらを見つめる瞳は、どこか落胆しているようだった。

罪悪感で胸が詰まる。何となく話した覚えはあるけれど、ウォルフのように細かな情景は全く浮かんでこなかった。

「お前の話は面白かった。多分、お前が子供の頃から色んな本を読んでいたせいだろうな。何でも聞けば教えてくれたし、分からないことはわざわざ調べて後日やってきてくれた。おかげでどんどん勉強が面白くなって、自分から学ぶようになったんだ」

「そう……。確かに、ウォルフも色んな本を読んでいたわよね」

「俺を落ちこぼれだと見放していた祖父も、次第に見直してくれるようになった。だから、俺にとってお前は救いの天使だ。美しくて優しい、俺の天使」

蕩《とろ》けるような、甘い声だった。

顔が燃えるように熱い。冗談を言わないで、と照れ隠しに返す余裕もなかった。どつどつ、と胸を激しく打つほど鼓動が高鳴り、口の中がからからになっていく。

テーブルに置いていた手にウォルフの手がそっと重なる。はっと顔を上げると、ウォルフは優しさと情熱を込めた目でじっとレティシアを見つめていた。

「あ、あんなにぶすって言ったくせに……」

混乱するあまり、咄嗟《とっさ》にそう言っていた。

ウォルフの顔が苦しそうに陰る。レティシアは罪悪感に襲われ、すぐに謝った。いまさら恨み言を言うつもりはなかったのだ。ただウォルフがあんまり恥ずかしいことを言うから、どうしたらいいか分からないだけで。

「お前の心に消えない傷をつけたのは分かっている。だから、一生をかけて償わせてくれないか」

「私はそんな……もう怒っていないわ。だから、気にしないで」

「俺がそうしたいだけだ。それと、結婚のこともな。周りが何を言おうが、俺はお前を手放すつもりはない」

ウォルフはレティシアの手を強く握りしめた。

カフェを出た時も、馬車を待つ間も、レティシアは頬を赤くしたままぼんやりとしていた。

何だかおかしい。まるで風邪《かぜ》を引いたみたいに全身が熱くて、足元がふわふわする。大丈夫か、と尋ねてくるウォルフの顔がまともに見られなくて、顔を背けながら必死に頷《うなず》く。

(ウォルフがあんなことを言うからだわ……)

嵐の日にも想いを告げられたけれど、あの時はほとんど実感がなかった。

けれど今は――今告げられた言葉を思い返すと、この場で叫びたいほどの羞恥《しゅうち》にかられて、長いスカートの下でこっそり足踏みした。本当に、本気なのだろうか。だとしたら、どうしよう。婚約を一旦破棄してもらうはずだったのに、なぜこんな流れになったのだろう。

ウォルフのことは、嫌いじゃない。だから困る。散々意地悪をされてきたから、ウォルフとの結婚なんて考えてこなかった。——いや、そもそも恋愛や結婚自体に興味がなかった。レティシアにとって一番興味深いのは物語の世界だ。お話の中のロマンスには憧れるけれど、現実世界の、しかも自分が主役になるロマンスなんて想像もしなかった。

「おい、本当に大丈夫か？」

心配そうにウォルフが振り返った時、いきなり周囲がざわめいた。

はっと顔を上げると、通りにいた者たちが東の方を向き始めた。ウォルフもそちらを見やり、何事かと眉《まゆ》を顰《ひそ》める。

レティシアがそちらを振り返るより先に、遠くの方から馬の足音がした。石畳を蹄《ひづめ》で叩《たた》く重々しい音。——しかも、早い。多くの人が歩く三番大通りを、まるで草原の中にいるかのように馬が駆けてくる。

周りにいた通行人たちが、怯《おび》えながら道の両端に体を寄せた。呆然《ぼうぜん》として固まっていたレティシアも、さっと動いたウォルフに手を引かれ、カフェの壁に押し付けられる。

「ウォルフ、あれ……！」

叫びながら馬を指さす。

こちらへ走ってくる馬は毛艶《けづや》のよい見事な黒馬だった。その逞《たくま》しい背の上に、金髪の女性が乗っている。

彼女が馬を御《ぎょ》しきれていないことは一目見て分かった。ぴんと張られるはずの手綱は大きく揺れ、女性は馬の逞しい首にしがみついている。右足の鐙《あぶみ》が外れているらしく、馬が駆ける度に彼女の体も恐ろしいぐらい跳ね、徐々に馬の腹の方へ向かって滑り落ちていた。

レティシアは青ざめて口を手で覆った。あのままでは女性が馬から落ちてしまう。でも、一体どうやって助ければいいのか——懇願する視線を周囲に向けても、周囲の男たちはレティシアと同じように固まるばかりで、動きそうな気配はない。

「ここにいろ。絶対に動くなよ」

突然そう言って、ウォルフは馬に向かって走り出した。まるで疾風のように素早く、重さすらないように。

馬は突然向かってきたウォルフにも怯《ひる》むことはなかった。頭を下げてさらに速度を上げる。女性はとうとう馬の腹まで落ち、首から手が離れかけた。ウォルフが走り、馬と交錯する——その一瞬。レティシアは声にならない悲鳴を上げ、ウォルフは真っ赤な手綱を握った。

同時に石畳を蹴《け》ると、握った手綱を支点にして、体が勢いよく浮き上がった。遠心力の助けを借り、まるで逆上がりするかのように馬の腹の横でぐるりと回ると、その勢いのまま女性の後ろに座る。

途端に、見守っていた観衆の間からおおっと称賛の声が上がった。ウォルフは手綱を強く引き、馬の首を寄せると、「どうどう」と力強い声で諌《いさ》めた。振り落とそうと暴れる馬の抵抗をものともせず、見事にバランスをとりながら手綱を捌《さば》くと、徐々に馬の興奮が静まっていき、やがてようやくその足が止まった。

「お見事だ！」

近くにいた恰幅《かっぷく》のいい男性が叫ぶと、合わせたように大勢の人が拍手した。

ウォルフは手綱を握ったまま馬から降りると、馬の背に倒れている女性を優しく下ろした。意識はあるようだがぐったりしていて、地面に座り込んだままウォルフの胸に凭《もた》れている。ぼそぼそと何か話しているようだ。

（大丈夫なのかしら……）

ウォルフも女性も心配だったが、二人はすでに野次馬に囲まれてしまい、中々傍《そば》に近付けない。

やがてウォルフは女性を再び馬上に戻すと、自分もその後ろに乗った。

「レティシア」

ふいに呼びかけられ、驚きながら「は、はい！」と返事をする。

見上げれば、馬に乗ったウォルフはまさに白馬の王子様のような――黒馬だったけれど――凛々《りり》しさだった。ふいに勇ましい王子が囚《とら》われのお姫様を救い出す物語を思い出し、胸がざわざわとする。

「俺はこの方をお送りしてくる。悪いが、一人で帰ってくれるか？」

「え、ええ。分かったわ。……あの、大丈夫？　怪我《けが》はない？」

「擦《かす》り傷程度だ。それじゃ俺の屋敷で待っていてくれ。俺もすぐに戻る」

そう言って、ウォルフは手綱を引いて馬の向きを変えた。

先ほどの暴走が嘘のように、馬は優雅な足取りで去っていった。野次馬たちも散らばり、三番通りがいつもの光景を取り戻す。

レティシアを送る馬車もすぐにやってきた。馭者《ぎょしゃ》の手を借りて乗り込み、ふぅと息を吐く。ふと見れば、手の平がじっとりと湿っていた。落ち着いた途端に色んな思いが頭を巡り、こめかみをこつんと指で押さえる。

（無茶なことをして……）

ウォルフが馬に向かっていった時、心臓が止まるかと思った。

あの瞬間を思い出すと、今も血が凍るようにぞっとした。あの女性を助けるためだったとは分かっている。でも、暴れ馬の御し方を間違えば死につながることだってあるのだ。

屋敷に戻ったレティシアは、言われた通りウォルフを待った。

すぐに帰ると言ったウォルフが戻ってきたのは、すっかり日が落ちてしまった後だった。待ちくたびれて文句の一つも言いたくなったけれど、ウォルフはそれ以上に疲れた顔をしていた。

「お戻りなさいませ。……どうしたの？　ずいぶん疲れた顔をしているけど」

「まぁ、色々あってな」

ウォルフは肩を竦めた後、向かいのソファーに腰を下ろした。

何か飲むかと尋ねると、酒が欲しいという。レティシアは棚からブランデーとクリスタルのグラスを取り出し、琥珀色《こはくいろ》の酒を並々と注いだ。

「お前が酌《しゃく》をしてくれるなんて、最高だな」

ウォルフはグラスを受け取ると、嬉《うれ》しそうに目を細めた。

大袈裟《おおげさ》に言っているだけと分かっていても、ちょっと照れくさい。澄ました顔でごまかして、自分のカップに紅茶を注いだ。

「遅かったけれど、何かあったの？」

「送ってきた令嬢がどうしても礼がしたいと言って、引き留められたんだ。少しだけと言うから残ったんだが、あれやこれや出されてな」

「ふぅん……」

レティシアは小首を傾げてカップを両手で包んだ。

いつもははっきりと断るウォルフがずるずる残ってしまったなんて珍しい。一瞬しか見えなかったけれど、暴れ馬に乗っていた女性はとても綺麗《きれい》な人だったなと思い出す。

「じゃあ、ずいぶん楽しんできたのね？」

思いがけず硬い声音になって、自分でもびっくりした。

ウォルフもきょとんと目を見開いている。だが、すぐにふっと目尻を下げて笑った。

「何だ、お前。嫉妬しているのか？」

「なっ……！　そ、そんなのしていないわ！」

慌てるあまり舌を噛《か》みそうになった。

力いっぱい否定したというのに、ウォルフはにやにやと笑っている。その笑みがちょっぴり憎たらしい。

ウォルフはレティシアの視線を捉えたまま、ゆっくりとこちらへやってきた。

隣に腰を下ろし、レティシアの顎《あご》を持って顔を覗《のぞ》き込む。そのままこめかみにキスを落とされ、頬がじわりと熱くなった。

「そう怒るな。俺は今ものすごく浮かれているんだぞ？　お前が嫉妬してくれるなんて嬉しいことがあるなら、いくらでも暴れ馬に会いたいぐらいだ」

「やめて。そんなこと、冗談でも言わないで」

レティシアは顔色を変えて言った。

またウォルフと暴れ馬が接触しかけた時のことを思い出してしまい、心臓が握り潰されるように痛む。さすがに言い過ぎたと思ったのか、ウォルフは「悪かった」と素直に謝って、レティシアの頭を優しく撫《な》でてくれた。

髪を梳《す》いてくれる指が心地よい。まだかすかに残っていた心と体の強張りが解《ほぐ》れていく。気付けばウォルフの体に凭れ、逞しい胸に顔を埋めていた。

「……あの人を助けようとしたのは分かっているの。でも、私はウォルフに怪我をしてほしくない」

酷いことを言っている自覚はあった。

それでももしウォルフが大怪我をしていたらと思うと、あんなことは二度としてほしくない。

誰よりも大切なのはウォルフなのだと、あの瞬間強く思ったのだ。

「心配をかけたな。でも、俺は助けるために馬を止めたわけじゃないぞ」

「え……？」

顔を上げると、ウォルフはいとおしさに満ちた瞳でレティシアを見つめていた。

「お前を守るためだ。あの馬がお前の方に向かってきたら危なかったからな。あの娘を助けたのは、ついでみたいなもんだ」

「ついでって……」

レティシアはぽかんとした。

まさかあの時そんな風に考えていたなんて。嬉しいような恐縮するような感情が込み上げ、首までかっと熱くなる。

「生憎《あいにく》俺は誰かれ構わず人助けするようなお人よしじゃない。俺が動くのは、お前に関わることだけだ」

「な、何で、そんな……」

「愛しているからに決まっているだろう」

鼻を鳴らしたウォルフはどこか得意げに見えた。

その瞬間、レティシアは子供の頃のことを思い出した。ウォルフに勉強を教えていた時の、懐かしい記憶。レティシアが教えた単語を完璧に覚えたウォルフは、今みたいな得意げで自信に溢《あふ》れた顔をしていた。

あの頃はそんなウォルフの顔を見るのが嬉しかった。

でも、今は――少し胸が苦しい。ときめきで息が詰まることがあるなんて、自分でも信じられない。

熱を持った頬を冷たい手が包み込み、笑みを浮かべたウォルフの唇《くちびる》が、レティシアの唇にそっと重なった。

薄い皮膚《ひふ》同士が柔らかく擦《こす》れる。普段よりも優しくて穏やかなキス。肉厚の舌さえも紳士的にレティシアの唇をノックした。とんとん。

お伺《うかが》いが可愛《かわい》らしくて、思わずふっと笑ってしまった。その拍子に薄く開いた隙間《すきま》から、するりと舌が入ってくる。前言撤回。やっぱりお行儀がよくない。

でも、ウォルフらしいキスだ、と思う。

自由奔放な舌はすぐにレティシアの舌に絡み、ちゅうっと音を立てて吸い上げた。何回もキスをされ、これからどうされるのか何となく分かるようになったけれど、それでも緊張も恥ずかしさもなくならない。むしろ、先を察して身構えてしまう分、予想外に舌が動くとびくっと体が跳ねてしまう。

「ぁふっ……」

ちゅる、と滲み出した唾液を吸われ、背筋がぞくぞくと痺《しび》れた。

尖《とが》った舌先が歯列をなぞり、上顎をちろちろと擽《くすぐ》る。敏感な箇所を的確に突かれ、んっ、んっ、と恥ずかしい声が漏《も》れてしまう。

レティシアの口腔《こうこう》を貪《むさぼ》った唇が離れると、細い銀糸がつぅっと引いた。ウォルフは見せつけるように濡《ぬ》れた己《おのれ》の唇を舐《な》め、満足そうな吐息を吐く。

いつの間にか二人の間には濃密な空気が揺らめいていた。気付いていたけど、どうすることもできない。獣のようにぎらぎらと輝く目に見つめられると、それだけで体がじわじわと熱くなり、捧げられた供物《くもつ》になったように動けなかった。

「あ……」

ウォルフの手がレティシアのドレスにかかり、躊躇《ちゅうちょ》もなく脱がしていく。

「だ、だめ……こんなところで……」

「大丈夫だ。誰も入ってこない」

耳朶《じだ》を嬲《なぶ》るように低い声が囁《ささや》いた。

そんなことを言っても、どうしても扉の方が気になる。気がそぞろになっている間にさっさとドレスを脱がされ、コルセットも、その下に着ていた肌着も大きく捲《まく》られた。

燭台《しょくだい》の明かりの下、ソファーの上に押し倒され、大きな胸が露《あらわ》になる。レティシアは赤くなった顔をぷいっと逸らした。

「一つ言っておくが」

ウォルフはレティシアの胸を両手で包みながら、ぼそりと言った。

「こうして触れたいと思うのも、お前一人きりだ」

「ウォルフ……あっ……」

骨ばった手が円を描くように動き、雪のように白い胸がふにふにと形を変える。

レティシアは熱い息を零《こぼ》しながら身を捩《よじ》った。体に纏《まと》っているのはくしゃくしゃになった肌着と、ガーターベルトと下着のみ。ほとんど裸同然の淫《みだ》らな姿だと思うと、とても恥ずかしくて心許《こころもと》ない気持ちになる。

「んっ、あっ、あぁ……」

胸にあった手が僅《わず》かに浮き、ぴんと立ち上がった乳首を手の平でころころと転がした。

じれったい刺激がたまらない。ウォルフの手の平はなめし革のように固く張りがあり、触れるのではなく乳首を通してそれを知ることが恥ずかしい。

「もう固くなっているな。お前、どんどんいやらしい体になっているんじゃないか?」

「ち、ちがっ……ひぁっ……ゆび、だめっ……!」

両方の突起を指先で抓《つね》られ、執拗《しつよう》にこねくり回された。

ちくちくと柔らかな針で突かれるような刺激が走り、たまらず顔の横にあったクッションを握りしめる。ウォルフは真っ赤になった乳首を弄《いじ》りながら胸の下に顔を埋め、臍から胸までの正中線を何度も舌先でなぞった。

「いやぁっ……あっ、ふぁ……あんっ、あぁ……!」

ぬるぬると舌が滑り、お腹《なか》の真ん中が濡れていく。

ウォルフが身じろぐ度、身に着けた上着がレティシアの裸に擦《す》れ、かさかさと衣擦れの音を立てた。上着についた金色の装飾留め具がひんやりと冷たく、触れる度にびくりと震える。

「やっ……服、ずるい……！」

たどたどしく訴えると、ウォルフはにやりと獰猛《どうもう》な笑みを浮かべた。

ウォルフが素早く体を起こし、上着を脱ぐ。柔らかな明かりの下にさらされたのは、均整の取れた見事な肉体だった。隆々とした胸板に、くっきりと割れた腹。鎧《よろい》のように固そうな肩口。無駄な脂肪など一切なく、全てがぴんと引き締まっている。

レティシアは言葉をなくしてウォルフの肉体に見惚《みと》れた。まるで芸術作品のように

——いや、それよりもっと美しい。ウォルフが再び覆い被《かぶ》さってくると、生命力に溢れた森のような香りがした。

どうしても欲望を抑えきれず、ウォルフの逞しい胸にそっと手を這《は》わせる。想像していた通り大理石のように滑らかで固い。でも、彫像とは違い、血の通った温かさが指を通して伝わってくる。

「ふっ、くすぐったいな」

目を細めて笑うウォルフは、少しだけ子供みたいに無邪気だった。

もっとウォルフの肉体に触れていたかったのに、さりげなく手を外された。片方の

胸を包まれると、もう片方の胸には唇が触れた。

「んぁっ……！」

乳輪ごと乳首を含まれ、じゅっと強く吸われた。

そのまま軽く引っ張られ、ちゅぷん、と濡れた音を立てながら唇が引き抜かれる。

それを何度か繰り返されれば、真っ赤になった乳首は果実のようにぷっくりと張り詰め、レティシアの荒い呼吸に合わせて淫らに揺れた。

「お前の乳首は綺麗なピンク色だな。可愛いのにいやらしくて……男を誘う色だ」

「やぁっ……そんな、変なこと言わな……あっ、あうっ！」

かぷりと乳首を甘噛みされ、細く鋭い刺激が下腹を走る。

歯の間で挟まれたまま乳首の先端をぺろぺろと舐められ、レティシアは太腿《ふともも》を擦り合わせて悶《もだ》えた。いつの間にか汗をかいていたらしく、擦り合わせた足がしっとりと滑る。

その内腿の間にウォルフの手が潜り込み、下着の上から股間の媚肉《びにく》に触れた。びくびくと打ち上げられた魚みたいに揺れる指が、いやらしいところを押し上げる。

「だめっ……！　あっ、やんっ……、やだぁ……あぁ……！」

「お前はやだやだばかりだな」

「だって、やだもの……ふあっ、んっ！」

下着を脱がされ、するんと指が入ってくる。

レティシアががっしりと足を閉じているせいでかなり動きづらそうだったが、ぎこちない愛撫《あいぶ》はもどかしくて気持ちよかった。秘裂のぎりぎりの縁を指先が掠《かす》め、包皮の先端をふにりと突く。お腹の中に快楽の熾火《おきび》をつけられたように熱が広がっていき、甘い声が止められない。

「気持ちいいだろう？」

「ふっ……あっ、あん……！」

「いいと言わないと、もっと苛《いじ》めるぞ」

「な、なに……ああんっ！」

強引に押し込んできた指が、秘裂を掻《か》き分け、包皮ごと奥に隠された肉芽を抓《つま》んだ。途端に奥から何かが染み出した。湧き水のように溢れてきたそれを堪《こら》えようとしたけれど、包皮をくちゅくちゅと押されると鮮烈な悦楽が駆け抜け、締め付けた膣《ちつ》の中に温かな蜜《みつ》が満ちていく。

「ひゃんっ……！　やぁ、やだっ、もっとゆっくり……あっ、あっ、はげしい……！」

「なら、何て言うんだ？」

耳元で囁く声は覚えの悪い生徒に尋ねるようだった。

抵抗できたのは一瞬で、秘裂の内側の粘膜を撫でられると、「あっ、いい……！」

と甘い声が漏れていた。擽られた粘膜にとろりと蜜が伝ってきて、滑りのよくなった指が秘裂の周囲をくるくると擽ってくる。

「んっ……あぁ……そこ、いぃ……あっ、あんっ！」

一度恥じらいの壁が崩れてしまえば、はしたない喘《あえ》ぎ声が止まらなくなった。

片足を胸につくほど折り曲げられ、指が膣の奥へと入ってくる。狭い媚肉を割り開くようにぐりぐりと回りながら、時折指を曲げて敏感な箇所をひっかき、関節の固い隆起でこりこりと媚肉を擦った。

「ひぁあっ……あっ、いやぁっ……あっ、んっ、んっ……！」

「すごいな。漏らしているみたいに濡れてきているぞ」

「やだっ……あっ、やぁっ、あっ……！」

レティシアはいやいやと首を打った。顔をクッションに擦り付け、衣擦れの音で恥ずかしい音をごまかすように。

けれど、陰部を犯す指が激しく上下する度、ぐちゅぐちゅと淫らな音が響いた。恥ずかしくてたまらないのに、音が大きくなるほどに膣の締め付けが強くなり、ごつごつした指をしゃぶるように密着する。

「きついな……。お前、どんどん感じやすくなっているんじゃないか？」

「いやっ……あっ、あぁ……ふぁっ……！」

指が根元まで潜り込み、さらにもう一本増やされる。

レティシアは背中を反り返らせて喘いだ。体が茹《ゆだ》るほど熱い。酸素が足りなくて頭がくらくらする。ウォルフの指は長く、驚くほど奥まで愛撫され、内腿と腰がぴくぴくと跳ねた。信じられないくらい気持ちがいい――なのに、ほんの少しだけ何かが足りない。

「ふぅっ……んんっ、あっ、ぁぁっ……」

物足りない思いが嬌声《きょうせい》に滲んでしまったのか、ウォルフが笑いながら「欲張りめ」と囁いた。

かっと頬が熱くなる。羞恥のあまり涙が滲んだ時、三本目の指がぐぅっと押し入り、激しい抜き差しを始めた。

じゅぷじゅぷと音がなり、ひくつく狭隘《きょうあい》な蜜壺を掻き回される。いやらしく腰を振り乱してよがると、蜜壺の入口を広げられ、冷たい外気が濡れた襞《ひだ》を擽った。

「もっと欲しいか？」

ウォルフはレティシアの内腿を舐めながら言った。

欲しい――もっと熱くて大きなものが。貪欲な女の業《ごう》が体の奥底から顔を出し、もっともっと強請《ねだ》るように、膣を淫らにうねらせる。

でも、そんな恥ずかしいことを言えるわけがない。きゅっと唇を噛みしめて快感を堪えていると、膣を犯していた指が急に引き抜かれた。

あ、と声を上げ、体を起こすウォルフを見上げる。こちらを見下ろすウォルフは獲物を前にした獣のように目をぎらぎらと輝かせ、荒い息を吐いている。

ウォルフは己の下腹を撫でるようにしてズボンに指をかけると、おもむろに前を緩めた。そこから勢いよく怒張が現れ、雄としての力強さを誇示するように、隆々とそそり立っている。

「これが欲しいだろう？」

「あっ……」

いきなり手を掴まれ、逞しい陰茎を握らされた。

レティシアはごくりと唾《つば》を飲み込んだ。初めて手で触れたそれは、どくどくと激しく脈打っていた。思っていたよりもつるつるとして手触りがよく、みっしりした重い質量が伝わってくる。促されるままに指を滑らせると屹立《きつりつ》がさらに脈動し、鈴口から白濁したものがとろりと零れた。

「お前の手は熱いな……。擦られるだけで溶けそうだ」

ウォルフは濡れた声で囁き、腰を前後させてレティシアの手に肉棒を擦り付けた。見せつけるような腰の動きが酷く淫らで、心臓が壊れそうなくらい高鳴った。あの太く赤黒いものが蜜壺を突き上げ、レティシアの純潔を散らしたのだ。

あの時の痛みはまだ覚えている。無理やり体を開かれた恐怖も、恥辱も。それなのにはしたない体は二回目の性交で感じてしまい、今も期待に震え、膣孔がひくひくと蠢《うごめ》いていた。

いつからこんなにいやらしくなってしまったのだろう――それとも、もともと自分の体はこんなにも淫らだったのだろうか。

羞恥と背徳感で胸が締め付けられ、目尻に涙が滲んだ。

異変に気付いたウォルフが眉を顰める。レティシアの顔を覗き込み、「どうした？」と優しく尋ねた。

「……やだ、もう」

「いや？　何がだ？」

「こんないやらしいの……ちがうの。私、こんなはしたないの……はずかしい……」

気が昂《たかぶ》っているせいか、ぽろぽろと涙が零れてくる。

ウォルフは息を呑むと、すぐに柔らかな笑みを浮かべてレティシアの涙を拭《ぬぐ》った。

「馬鹿だな」と囁き、レティシアの目尻にキスを落とす。

「お前は頭がいいくせに、変なところで馬鹿だ」

「だって……」

「俺が抱いているんだ。いやらしくなって当たり前だろう？　それに、いやらしいお前は魅力的だ……」

甘く囁いて、レティシアの耳朶を食《は》んだ。

ぞくんと震えた内腿の間にウォルフの腰が挟まる。とろとろに濡れた陰部に怒張が押し当てられ、幹の部分が割れ目を上下に擦った。

熱い。燃えるように熱くて、固い。

膣孔が苦しいくらい快楽を欲している。ウォルフが与えてくれる、嵐のような悦楽を。

けれど、ウォルフは中々望みを叶《かな》えてくれなかった。荒い気を吐き、喉《のど》を鳴らしながら肉棒を割れ目に擦り付けるだけで、その奥を犯そうとはしない。

「やっ……んっ、あぁっ……」

もどかしい。これじゃ足りない。もっともっと欲しい。

欲望が理性を侵食し、くらくらと眩暈《めまい》がする。腰が引かれて陰茎が離れていった瞬間、レティシアは咄嗟にウォルフの背中に腕を回し、切羽詰まった声で叫んでいた。

「やあっ……早く……！」

ウォルフは「いい子だ」と言って笑うと、レティシアの願い通りにしてくれた。

先走りの漏れる鈴口が割れ目を捲り、溶けたバターのように柔らかくなった媚肉を押し開いていく。

「あっ……あんっ……い、いいっ……！」

肉棒がくぷくぷと中を掻き分けていくだけで、気持ちよくてたまらなかった。快楽に喜ぶ襞が収斂《しゅうれん》し、しゃぶるように肉棒に絡みつく。ウォルフが小さく呻《うめ》き、レティシアの耳孔に押し殺した吐息を吹きかけた。

「くそっ……。少し力を抜け。食い千切られそうだ……」

「そんなの、知らな……あぁんっ、やだっ、そんないやらしいの、やぁっ……！」

根元まで沈み込んだ陰茎は、ゆっくりと抜き差しを始めた。

ウォルフの腰が大きく引かれ、また突き上げる。微妙に角度を変えた亀頭が媚肉をぐじゅじゅと擦ると、お腹の奥が蕩けてしまいそうだった。

レティシアは淫らに腰をくねらせた。爪先までぴんと伸びた足が、悶えるように空を蹴る。このままでは体がどうにかなりそうで、ウォルフの背に必死にしがみつき、隆起した肩に顔を埋めた。

「んあっ……！　やんっ、ぐりぐり、しないでぇ……あっ、ああっ、んっ！」

根元まで突き上げた怒張が奥のしこりを抉《えぐ》った。

ひと際敏感な箇所を責め立てられると、頭の芯《しん》がじんと痺れ、視界が白く瞬いた。激しく突き上げられる度にソファーが大きく軋《きし》み、がたがたする揺れが伝わってくる。

「ああ、お前は最高だ……。美しく、いやらしい……。何てはしたない天使だ……」

「天使じゃな……あっ、あん！　な、何か、へんっ……！」

レティシアは髪を振り乱して喘いだ。

陰茎が蜜を掻き出すようにして抜き差しされる度、体の奥がぐずぐずと蕩けて、そこから何か押し寄せてきた。力強く、あと少しで弾《はじ》けてしまいそうな何かが体の芯を這い上ってきて、膣壁がうねり狂う。

「ふっ……いきたいか？」

耳元で囁かれ、腰の突き上げが激しくなる。

固い亀頭がじゅぷじゅぷと音を立てて膣を抉った。ウォルフの右手がレティシアの腰をかき抱き、左手は淫らに揺れる胸を揉《も》む。

固くなった乳首を人差し指で押し潰されると、あまりの気持ちよさに涙が零れた。レティシアの理性は欲望に支配され、本能が望むままに乱れた。両足をウォルフの腰に絡め、大きな背に爪を立てる。ぴくっとウォルフが震えたのを感じ、なぜか少し嬉しくなった。

「あぁっ、んぁっ……、いく……いっちゃ……！　あんっ、ああ、早く……ねぇ、はやく……！」

レティシアは突き上げに合わせて淫らに腰をくねらせた。

最初はばらばらだった動きが徐々にリズムを合わせ、調和していく。熱く濡れた襞を貫きながら、信じられないほど奥へ――……つん、としこりを抉った瞬間、脳の回路が焼き切れそうなほどの快感とともに、強烈な感覚を覚えた。ウォルフと強く繋がっている、甘く切ない感覚。

「ひあっ、あぁぁっ――……！」

「くっ……！」

レティシアが甲高い声を上げて仰《の》け反《ぞ》った瞬間、奥深くを突いた亀頭が熱い奔流を放った。

全身が悦楽に痺れて硬直し、膣がきつく収斂する。口を開けたまま呼吸を忘れ、目を見開いていると、ウォルフは体を震わせながらレティシアの中に全てを放ち切った。

「はっ……」

二人は同時に息を吐き出した。

力の抜けたウォルフの体がレティシアの上に重なる。触れ合った肌は熱く、びっしょりと汗が滲んでいた。

ウォルフが微笑み、レティシアの唇にキスをする。優しく、甘いキス。激しい鼓動の余韻を感じながら、二人の体が冷えるまで、ずっと唇を重ねていた。

暴れ馬騒動から一週間、多忙となったウォルフとは一度も会えずにいた。

その間、レティシアは何度もウォルフの別荘に行き、書斎にこもって本を読もうとした。けれど、不思議なことにどの本を開いてもほとんど頭に入ってこない。ずっと探していた希少本も、レティシア好みの冒険譚も、文字を目で追ってもつるつると滑っていってしまう。

こんなことは生まれて初めてだった。どんな嫌なことがあった日でも、風邪を引いた時でさえ、本を読めばその世界の中に引き込まれたのに。

その代わり、本を閉じてぼんやりすれば、ウォルフのことが頭に浮かんだ。何度か手紙が来て近況が書かれていたけれど、ウォルフらしい事務連絡のようなそっけなさで、思わず笑ってしまった。本の文字は頭に入らないくせに、ウォルフの右上がりの癖字は覚えてしまうくらい読んでしまって、それでも飽きずに時折眺めている。その時のレティシアはにこにこしているらしく、一度トマスに見られて「何を読んでいるんだ？」と取り上げられそうになってしまった。

「もう、人の手紙を勝手に読まないでよ」

「百面相して読んでいれば心配になるだろう」

そう言われては、さすがに恥ずかしくなる。

ウォルフと会えないまま、レティシアはジョーイ伯《はく》の舞踏会に出席した。お目付け役はもちろんトマスだ。今夜のトマスはレティシアのドレスやアクセサリーにまで口を出してくる気合の入れようで、ちょっと面倒くさかった。

「もう、お兄様ったら。今夜は一体どうしたというの？」

「安心しろ。今夜こそお前にいい相手を見つけてやるからな。だから、お前も気になる男を探しておくんだぞ」

そう言って鼻息荒くホールを見回しているトマスの目は、生き生きと輝いている。

本来、お目付け役とは年若い令嬢のために似合いの男性を見つけたり、逆にふさわしくないと判断した男を遠ざけるたりする役目だ。トマスはずっとレティシアのお目付け役を買って出てくれ、結局誰にもダンスに誘われないレティシアの話し相手になっていたのだが、今夜はいやに力が入っている。

「でも、私はもう婚約したのよ。だから他の男性を探す必要は……」

「いーや、あいつはだめだ。絶対に許さん」

トマスはきっぱりと言った後、真剣な瞳でホールを見渡した。

これは説得にそうとう時間がかかりそうだ。レティシアは兄を眺めてこっそりため息を吐いた。今夜の舞踏会にはウォルフも出席すると手紙に書いてあったのだが、今は言わない方がよさそうだ。

（ウォルフはもう来ているのかしら）

レティシアはきょろきょろとあたりを見回した。

社交的なジョーイ伯が開く舞踏会は、いつも人が多く賑《にぎ》やかだ。ウォルフが来ていればまた大勢の人に囲まれていると思うのだが、それらしき群れは見えない。少し遅れているのだろうか。

「そうだ、思い出した」

目を皿のようにしていたトマスが、ふいに舌打ちして言った。

「妙に男の数が多いと思ったら、今夜はカーラ様が来るんだったな」

「え？　カーラ様って……まさかあのカーラ様？」

レティシアは驚いて言った。

カーラとは今年亡くなった王弟殿下《でんか》の一人娘だ。元々は社交的で活発な方だったのだが、父を亡くして以来すっかり落ち込んでしまい、社交の場にも一切姿を現さなくなったという。

「少しはお元気になられたのかしら。私はお会いしたことがないけれど、どんな方なの？」

「お前はあまり社交の場に来ないから知らないのか。あれ、でも拝謁式《はいえつしき》の時に会ったはずだろう？」

「あの時はすごく緊張していたもの。じっくりお顔を拝見する余裕なんてとてもなかったわ」

正確には、緊張よりも前日のウォルフの「ぶす」という暴言で落ち込んでいたせいだが、そのことは黙っていた。

「とてもお綺麗な方だよ。明るくて話好きで、まさに社交界の花という方だな」

「素敵な方なのね。せっかく今夜いらっしゃるのなら、お兄様もお話ししてきたら？」

「お目付け役として来ているんだから、俺はいいよ。……お前、もしかして俺を遠ざけようとしていないか？」

トマスは怪しむようにレティシアを見た。

鋭い兄はこういう時に困る。そんなことない、とぎこちない笑みで首を振った時、どこからか「カーラ様！」と歓声が上がった。

振り返ると、入り口の方に人が群がっていた。恐らくカーラが現れたのだろうが、人の囲いで姿は見えない。

集まった人々は皆久しぶりに現れた社交界の花に挨拶し、お悔やみを述べ、お目にかかれた喜びを告げていた。それに対して、カーラは一人一人丁寧に返事をしているようだ。漏れ聞こえてくる限りではあまり落ち込んだ様子はなく、カーラを中心とした輪から、賑やかで華やいだ雰囲気が広がっていく。

「どうする？　お前も挨拶しに行くか？」

「そう言われても……」

確かに一度くらい挨拶とお悔やみを述べたいが、あの人の群れの中を掻き分けていける気がしない。

確かになぁ、とトマスが苦笑する。やがて固まっていた人の群れが動き、ゆっくりとホールの中心に向かって移動し始めた。

ふと顔を上げれば、ホールの奥にある大階段から主催者であるジョーイ伯が奥方を伴って降りてきた。笑みを浮かべ、まっすぐカーラの元へと向かう。ジョーイを迎えるように人の群れが割れると、その中からカーラの姿が現れた。

「えっ……」

レティシアは目を見開いた。

カーラはトマスが言っていた通り、とても美しい女性だった。シャンデリアの明かりを弾く蜂蜜色《はちみついろ》の髪に、冬の空のように澄んだ青の瞳。人形のように小さく愛らしい顔。小柄な体は華奢《きゃしゃ》ながらも肉感があり、ちょっとした仕草がどきりとするほど色っぽい。

じっくり眺めた後、やはりと思う。あの華やかな美貌《びぼう》には見覚えがある。先日、ウォルフとカフェでお茶を飲んだ日に出会った、暴れ馬に乗っていた女性だ。

「あの方が……カーラ様？」

「ああ、そうだ」

トマスが頷いた。

じっと眺めていると、ジョーイ伯がカーラの前に立った。

囲いがさらに広がって、ジョーイ伯爵《はくしゃく》夫妻のために場所を開ける。すると、カーラの横に誰か立っていた。挨拶をしに来ただけではなく、カーラのエスコートをしているようだ。

「ようこそいらっしゃいました、カーラ様。……それに、ノーランド公もお久しぶりです」

ジョーイ伯は笑みを浮かべて二人と握手を交わした。

隣にいたトマスが眉を顰める。心なしかその表情は険しい。レティシアは呆然としたまま、カーラの隣にいるノーランド公――ウォルフを見つめていた。

なぜウォルフがここにいるのだろう。……いや、来ると言っていたのだからおかしくはない。けれどどうしてカーラの隣にいて、彼女をエスコートしているのだろう。

ふいにウォルフが視線を逸《そ》らし、レティシアと目が合った。

ウォルフは苦々しい顔になって小さく肩を竦めた。こちらに気付いても動揺も驚きもしていない。レティシアも今夜の舞踏会に来ると伝えてあったのだから当然といえば当然だ。けれど、カーラをエスコートしてくるとは手紙に一言も書いてなかった。

「聞きましたよ、ノーランド公。街中で馬が暴走してしまったカーラ様をお助けしたそうですね。いやぁ、素晴らしい。中々できることではありませんよ」

ジョーイ伯はウォルフの肩を叩きながら言った。

ウォルフは主催者やカーラに囲まれているというのに、相変わらずの不愛想だった。

「そうですか」と返事もそっけなく、ジョーイ伯の笑顔を引きつらせている。

一方、カーラはきらきらと輝く瞳でウォルフを見つめていた。

「本当にウォルフ様がいらっしゃらなかったらどうなっていたことか……。思い出すだけでぞっとしますわ」

「本当に無事でよかった。ですが、王族の方が供《とも》もつれずに一人で馬に乗ってはいけませんよ。今回は運よくノーランド公が助けてくれましたが、もしカーラ様に何かあったら陛下《へいか》も王妃《おうひ》も悲しみます」

「ごめんなさい。皆にもたっぷり叱られてしまいました。でも、そのおかげでウォルフ様と出会えたのだから、たまには馬が暴れるのも悪くありませんわ」

カーラがぺろりと舌を出すと、ジョーイ伯も笑った。

同性のレティシアから見てもカーラはとても愛らしかった。ウォルフと並ぶとまさに美男美女を描いた絵画のようだ。あまりに眩《まぶ》しくて、物語に出てくる恋人たちのように見えて――なぜだろう。酷く胸が苦しい。

「ノーランド公もうまいことやったもんだな」

ふいに、背後からひそひそと囁く声がした。

「ああ。カーラ様を狙っていた奴《やつ》は大勢いたが、これでノーランド公の一人勝ちだ。顔も家柄も恵まれているくせに、運まであるなんてな」

「だが、結婚までいくか？」

「多分な。カーラ様はかなりノーランド公に熱を上げているらしい。ノーランド公が参加する晩餐会《ばんさんかい》や宮廷狩猟会に現れては、助けてくれた礼と称して接近しているようだ」

男の一人がひゅうと口笛を吹いた。

「あれだけの男前じゃあなぁ。全く、顔がいいだけで人生を渡っていけるんだから羨《うらや》ましいものだぜ。王弟殿下の令嬢を捕まえたとなれば、ノーランド家も安泰だ」

「しかし、たまたまカーラ様を暴れ馬から助けるなんて偶然があるか？　案外ノーランド公はトレット宰相《さいしょう》なのかもしれんな」

「ありえるな。だとしたら、奴も相当な野心家だぞ」

二人の男は嘲《あざけ》るように言った。

ずっと黙っていたレティシアは、つかつかと二人の男の前に向かった。静かな気迫に気付いたのか、驚いた二人が顔を上げてこちらを見る。

彼らが言ったトレット宰相は大昔の宰相のことだった。男爵家《だんしゃくけ》生まれの彼は、貴族の中では低い身分でありながらも、王の娘と結婚することにより宰相の地位まで上り詰めたと言われている。そのため「トレット宰相」の名は成り上がりの象徴となったのだが、それ以外にも「野心家」「策略家」などの意味も含んでいた。彼はわざとならず者に姫を襲わせ、自分で助けたように演出したと後世に伝えられているからだ。

「失礼ですが、一つ訂正させてください」

レティシアは二人の男を睨《にら》みつけながら言った。

「トレット宰相はあなた方の言うような策略家ではありません。近年、歴史家たちがトレット宰相の生涯を調べ、これまで広がった通説は誤りだったと認めています。策略家などと悪いイメージが広がってしまったのは、彼の政敵が流した醜聞のせいで、残された資料や姫との書簡などからも、醜聞は偽りだったと証明されています。彼は自らの才覚のみで上り詰めた努力の人なのです。歴史家たちは彼の功績と名誉を取り戻そうと、論文や著作を多く発表しています」

「な、何だ、いきなり」

男たちはたじろぎ、おかしな女を見るように顔を顰《しか》めた。

「トレット宰相の名を野心家のような意味でお使いになるのは間違いです。ノーランド公のことだって、証拠もないただの憶測でしょう。そういった裏付けのないことをぺらぺらと吹聴《ふいちょう》すれば、いつか恥をかくのはあなた方ですよ」

「何だと！　女が偉そうなこと言うな！」

かっとなった男の一人が、レティシアの肩を突き飛ばした。

手加減のない力に体がよろめく。咄嗟に伸ばした手がするりと空を切り、頭から大理石の床に倒れそうになった瞬間、何かがレティシアの背を支えた。

心臓が思い出したようにどくどくと脈を打った。呆然としたまま息を吐き出し、ゆっくりと後ろを振り返る。そこにはレティシアを支えたウォルフがいた。——たった今人を殺してきたのでは、と思わせるほど冷たい瞳をたたえて。

「……こいつに何をした？」

ウォルフの声は、まるで地獄の底から這い出てきたかのように響いた。

怯んだ男たちが顔を見合わせる。もごもごと何か言った後、「失礼する」と早口で言い残し、そそくさと立ち去っていく。

「レティ！　お前、何をやっているんだ！」

入れ替わりのように、今度はトマスが顔を真っ赤にしてやってきた。

トマスはウォルフの存在に気付くと、「げっ」と顔を歪《ゆが》めた。ウォルフの腕からレティシアを奪い、鼻先にびしりと指を突きつける。

「腹が立ったのは分かるが、言い方というものがあるだろう。あんな喧嘩《けんか》を売るような真似《まね》はするんじゃない。あいつらに文句があるんだったら、いくらでも俺が代わりに言ってやる」

「ご、ごめんなさい……。私、気が付いたらいつの間に……」

レティシアは赤くなった頬を両手で押さえた。

他人の無知をあげつらうつもりなんてなかった。けれど、ウォルフのことを悪く言われたらついかっとなって、何か考えるより先に口をついて出ていた。

（恥ずかしい……）

自己嫌悪に沈みながら、ウォルフを恐る恐る見る。

ウォルフは複雑な顔をしていた。怒っているのか呆れているのか、腰に手を当てて深くため息を吐いている。

「トマスの言う通りだ。危ない真似はするな」

重々しい声で叱られ、しゅんと肩を落とす。

するとウォルフは珍しく慌てた後、「怒ってくれたのは、ありがとう」と少し頬を赤くして言った。

「とにかく、今日はもう帰れ。さっきの奴らがまた因縁をふっかけてくるかもしれないからな」

「で、でも……」

レティシアはちらりとウォルフの背後を見た。

少し離れたところには、大勢の人と一緒にカーラが立っていた。

カーラはじっとこちらを窺《うかが》っている。レティシアが帰った後、ウォルフはまたカーラをエスコートするのだろうか。

胸がじくじくと痛み出して、そっと目を逸らす。何だか自分がすごく嫌な人間のような気がした。どうしてウォルフがカーラのことを話してくれないのだろうと、少し腹を立てている。怒る権利も、理由もないくせに。

「そうだな。行くぞ、レティ」

トマスはレティシアの背を押して歩き出した。

ここから抜け出せてほっとしたような、行きたくないような、複雑な思いがレティシアの心を掻き乱す。出口に向かいながら振り返ると、カーラは足早にウォルフの元へ近寄り、何事か話しかけていた。

ウォルフは小さく笑みを浮かべ、カーラに頷いた。

その笑みはまるで針のようになって、レティシアの胸に突き刺さった。

舞踏会の日からずっと、トマスの機嫌が悪い。

レティシアもあまり気分が優れず、部屋でぼんやりしたりぶらぶらと散歩したりした。こういう時こそ物語の世界にのめり込みたいのに、相変わらず読書は進まない。

仕方なく裁縫をしたりダンスの練習をしたりしたものの、どれも集中できずに散々な目にあった。ちらりと両手を見れば、指先にぷすぷすと針を刺した痕《あと》が残っている。足には転んだあざだらけ。おかげでメイドやダンスの先生からこれ以上はやめなさいと叱られ、すっかり手持ち無沙汰《ぶさた》になってしまった。

「はぁ……」

ため息を吐き、庭のベンチに腰を下ろした。

あれからウォルフには会っていない。手紙もぱたりと止まってしまった。

ただ、全く音沙汰がないわけではなく、ちらほらと噂《うわさ》は聞こえてきた。主にカーラとの熱愛の噂だが。尾ひれがついた話もあったけれど、とにかく二人が接近しているのは事実のようで、王弟殿下の喪があけたら婚約発表をするのではないか、という話まで飛び交っているようだ。

（どこまで本当なのかしら……）

ここまで噂が広がればウォルフの耳にも届いているだろう。でも、ウォルフからは何の連絡もない。

その意味を深読みしそうになる度、不安で胃が縮んだ。

ウォルフはカーラと結婚するつもりなのだろうか。貴族ならば、そうするのはむしろ自然なことだ。縁談相手としてカーラ以上の人はいない。若くて美しく、社交的で、地位も財産もある。対してレティシアは家の格はあるものの、内気で社交に向かないし、本狂いと悪評を持つ女だ。

どちらがいいかなんて、聞かなくても分かる。

「こら、何を暗い顔をしているんだ」

ぼんやりしていた時、トマスがやってきた。

脇に何かを抱えたトマスは、今日も憮然とした顔をしていた。これまでに何度か不機嫌の理由を聞いたが、「別に」と言うばかりでさっぱり分からない。

ただ何となく、原因は自分にあるのではないかとレティシアは思っている。

「ウォルフから連絡は来たのか？」

いきなり痛いところをついてくる。

レティシアはぎこちない笑みを浮かべ、首を振った。

「全然ないわ。きっと忙しいのね」

「本当にそう思うか？」

トマスはじっとレティシアを見つめていた。

まるでウォルフみたいに意地悪だと思う。そんなことを聞かれても分かるはずがない。レティシアはウォルフではないのだから。

黙り込むと、生暖かい風が吹いた。

トマスはぼりぼりと頭をかいた。大きくため息を吐き、いきなり脇に抱えていたものをレティシアの膝《ひざ》の上に置いた。

「……何、これ？」

「本だよ」

それは見れば分かる。ずいぶん読み込んだらしく、黒い表紙の四隅が丸く削られ、金色で刻まれた題名も掠れていた。どうやら兵法に関する本らしい。

「それ、ウォルフから借りていたんだ。お前が返してきてくれ」

「ええっ？　お兄様が借りたなら、お兄様が返すべきよ」

「お前はウォルフの婚約者だろ？　だったらいいじゃないか。ついでだ、ついで」

「ついでって言われても……」

レティシアは困惑しながら本を手にした。

そもそもついでにできるような用事がない。けれど、トマスはさっさと立ち上がって屋敷の方に戻ってしまった。

（一体どうしたのかしら。今までウォルフと会うと嫌な顔をしていたくせに……）

レティシアは渡された本をじっと見つめた。

わざわざレティシアに言いつけたということは、本の返却が目的ではなく、ウォルフに会いに行けということなのだろう。トマスの真意はよく分からなかったが、屋敷でずっとうじうじしていたレティシアが鬱陶《うっとう》しくなったのかもしれない。

「……用事があるのなら、仕方ないわよね」

押しかけていく後ろめたさを言い訳して、腰を上げた。

余所《よそ》行きのドレスに着替えた後、馭者に準備させた馬車に乗り込み、ウォルフの屋敷に向かった。

馬車の揺れに合わせて、レティシアの心臓もどきどきと跳ねた。緊張もあったし、久しぶりにウォルフに会える嬉しさもあった。預かった本を胸に抱き、ほうっと息を吐く。いつもならこのちょっとした時間にだって本を開くのに、胸が一杯でそんなことも忘れていた。

ウォルフの屋敷は西の方の郊外にある。大通りから細い道になるにつれ、町の喧騒も遠ざかっていった。

目的地に近付いた時、馬車の速度が遅くなり、やがて完全に停まった。だが、待っていても馭者が降りてくる気配はない。

不思議に思いながら小さな丸い窓を覗き込む。間違いなくそこはウォルフの屋敷だった。ただ、いつもなら門前に横付けされる馬車は、かなり手前に停めてある。

「ねぇ、どうしたの？」

レティシアは馬車の薄い壁ごしに尋ねた。

「はぁ……それが、門の前によそ様の馬車が停まっていまして」

くぐもった声が返ってくる。

門前に停まっているということは、丁度出るところか来たところだろう。少し待てば先の馬車が動くと思い、待機しているらしい。

「ウォルフの馬車ではないの？」

「ノーランド家の家紋はついていません。……というか、あの馬車のどこにも家紋はないですね。珍しいな」

確かに珍しい。普通、貴族の馬車であれば必ず家紋がついている。ないとすれば、貴族以外の馬車ということだ。

とはいえ、貴族以外で馬車を利用する者は少ない。あるとすれば商人ぐらいだろうか。でも、商人ならば顧客である貴族の出入りを妨げないよう、門より少し離れたところに停めているはずだ。

何となく気にかかり、レティシアは本を抱えたまま馬車を降りた。

少し先に鉄の格子でできた門が見える。門は開かれ、その前には馭者が言った通り家紋のない馬車が停まっていた。商人が使う馬車にしてはかなり洗練され、馬の毛艶もよい。よほどの豪商のものだろうか。

じろじろ見るのははしたないと思いながら目を離せないでいると、門の奥から羽根帽子を被った女性が出てきた。

レティシアははっと息を呑んだ。見つめる先で、女性を追うようにウォルフが現れる。迷惑そうな表情を隠しもせず、門を塞《ふさ》ぐようにして立ち止まった。

「カーラ様、こんなことをされては困ります」

ウォルフは女性を――カーラを見やって言った。

「せっかく来てあげたのに、お茶もくれないなんて酷いのではなくて？　とても紳士のすることとは思えないわ」

「約束もない訪問は、淑女《しゅくじょ》のすることとは思えませんが？」

「あら、お約束があれば中に入れてくれたの？」

「残念ですが、丁重にお断りしたでしょうね」

ウォルフがきっぱり言うと、カーラは白皙《はくせき》の頬を可愛らしく膨らませた。

「あなたぐらいよ。私のことをそこまで邪険に扱うなんて。もう少し優しくできないの？」

「お父上のことは心から残念に思います。ですが、それとあなたを屋敷に上げるのは別の話です」

「少しお話をしたいだけよ。それでもだめ？」

こてん、とカーラが小首を傾げる。

上目遣いで見上げるカーラは、同性のレティシアが見ても保護欲を掻き立てられる愛らしさだった。レティシアの胸がつきんと鋭く痛み、鼓動が軋むように速くなる。

「お話でしたら舞踏会や晩餐会でもできるでしょう。あなたを屋敷に上げると色々と邪推する者もいるのです。現に今、私の周りにはありもしない噂を囁く者がいます。これ以上騒ぎを大きくしたくないのです」

「そう？　私は皆に邪推させたいし、騒ぎを大きくしたいわ」

「カーラ様……」

「噂ではなくて、事実にしたいもの」

カーラはにこりと微笑《ほほえ》んだ。

その笑みはあまりに無邪気で、冗談なのか本気なのか分からなかった。ウォルフは慌てた様子もなく肩を竦めると、「とにかくお帰りください」と言った。

「仕方ないわね。約束もしていないし、今日は諦めるわ。また今度来るわね」

カーラは両手を上に向けると、優雅に踵《きびす》を返した。

馬車のステップに足をかけ、乗り込みかけた横顔がこちらを振り返る。くりくりとした大きな瞳がレティシアに向けられ、「あら」と呟《つぶや》いた。

「あなた、どこかで……」

カーラは小首を傾げると、レティシアが抱いている本に気付いて小さく笑った。

「思い出したわ。あなたが有名な『本狂い』ね。でしょう？」

レティシアは動揺して何も言えなかった。

カーラがレティシアを知っていることにも驚いたが、『本狂い』という不本意な渾《あだ》名《な》がここまで広がっているとは思わなかった。それだけ貴族の間で物笑いの種になっているのだろうか。

暗い気持ちになっていると、いつの間にかカーラが目の前に立っていた。面白い玩具を見つけたかのように、目がらんらんと輝いている。

レティシアは怯んで一歩下がったが、カーラは不躾《ぶしつけ》なくらい顔を寄せてきた。

「もしかしてあなたもウォルフ様にお会いしに来たの？」

レティシアはびくんと肩を震わせた。

答えたくない――なぜだかそう思った。カーラはレティシアの胸の内を見抜いたように、「ふぅん」と呟いて笑った。

「ライバルかしら？　だったら牽制《けんせい》しておかないとね」

「あ、あの……」

「あなた、相当社交界に疎いのでしょう？　そうでないと、本狂いなんて最低の噂を放っておかないものね。それってあなたが思っている以上に不名誉なのよ？　夫となる人がいるとしたらいい迷惑でしょうね。まぁ、あなたに縁談を持ち込むような物好きがいるかどうかは知らないけど」

かわいそうにねと呟いた言葉は、レティシアへ向けたものだったのか、レティシアの未来の夫に向けていたのか。

それが嫌味だと気付く前に、カーラは「それじゃごきげんよう」と美しい笑みを浮かべ、軽やかに馬車に乗り込んだ。

遠ざかっていく馬車を呆然として眺めていると、入れ替わりのようにウォルフがやってきた。ぎくりとして見れば、先ほどまで平然としていたウォルフが、なぜか酷く慌てている。

「お前、何で来たんだ」

そう言われて、急に悲しくなった。

もしかして迷惑だったのだろうか。確かに何の連絡もしなかったのは申し訳なかったけれど、急に押しかけたらしいカーラと同じように扱われ、悲しい気持ちが惨めな気持ちに色を変えていく。

「……これ、お兄様が」

まるでお使いに来た子供のような態度で本を突き出す。

気を付けなければ余計なことを――きっととても嫌なことを――言ってしまう気がして、どうしても言葉が短くなる。

「確かに俺の本だが……。あいつがずっと返しに来ないから、貸したことすら忘れていたぞ。何で今更返しに来たんだ？」

「知らないわ、そんなこと」

突き放すように言って、しまったと思った。

こんな感じの悪い態度は取りたくない。けれど、頬が引きつって愛想笑《あいそわら》いすら浮かべることができず、目が落ち着きなく泳いでしまう。

ウォルフは気にしていないようだった。「それもそうだな」と頷き、レティシアに同情するような視線を向けた。

「トマスの使い走りにされたのか。それは災難だったな。あまり時間がないんだが、中でお茶を飲んでいくか？」

ウォルフはレティシアの背を押して促した。

屋敷に向かって歩きながら、レティシアは胃が捻《ね》じれるような不安を覚えた。ウォルフの様子は変わらない。何も言ってこない。レティシアが先ほどの会話を聞いていたと分かっているはずなのにだ。

「そうだ、お前もこの本を読むか？」

本をひらりと掲げられた瞬間、レティシアはとうとう耐えきれなくなった。

「今の――」

声が上擦る。そのことに動揺して、深呼吸してから続ける。

「カーラ様、でしょう？」

「そうだ」

分かりきった問いと分かりきった答え。

無言のまま数歩進み、もう今の会話がもう終わっていたことに気付いた。わざとそうしたのかと思ったけれど、ウォルフの態度はいつもと何ら変わりない。

（何で……どうして何も言ってくれないの？）

無言の問いは届くはずもなかった。

それなのに、ウォルフが何も言ってくれないことに胸がもやもやする。何て身勝手で醜い感情だろう。いけないと分かっているのに苛立《いらだ》ちや悲しみがない交ぜになって、心の中をぐちゃぐちゃに掻き回す。

抑えようとしたけれど、耐えきれなかった。

「……カーラ様と結婚するのですか？」

気が付けば、考えるより先に口が動いていた。

立ち止まったウォルフは顔を歪めて振り返った。口をぽかんと開け、眉間《みけん》にはくっきりと皺《しわ》が刻まれていた。

「何を言っているんだ、お前。本の読み過ぎで妄想でもしているのか？」

ウォルフは呆れたように言った。

確かにレティシア自身も何を口走っているのか分からなかった。でも、妄想なんて言い方は酷い。心に引っかき傷のような痛みが走って、目の奥がじんと痺れた。

「……だって、皆がそう言っているわ。ウォルフがカーラ様と結婚するんじゃないかって」

「馬鹿馬鹿しい。根も葉もない噂だ。まさか信じているんじゃないだろうな？」

「でも、実際カーラ様と親しくなさっているんでしょう？」

誰かにこの口を止めてほしかった。

でも、言葉が転がり落ちていくように止まらない。頭の芯が熱くて、何も考えられない。

「俺の婚約者はお前だ。カーラ様でない」

ウォルフはため息交じりに言った。

確かに今はそうだ——そうかもしれない。

でも、だったらどうして何も言ってくれなかったのだろう。カーラと会っていることも、そのせいで噂になっていることも、いつでも話してくれる機会はあったはずなのに。

多分、話すほどのことではなかったのだ——囁く理性の声は、すぐに暗いものにかき消された。まるで心の中で嵐が吹き荒れているみたいだった。風の音が強すぎて理性の声が聞こえない。言いたくもない酷い言葉が、止める間もなく飛んでいってしまう。

「……カーラ様と結婚すれば、きっとノーランド家は安泰だわ」

「馬鹿か。そんなことをしなくても、我がノーランド家は揺るがない」

「でも、カーラ様はあんなにお美しい方よ。明るくて社交的だし、人脈も広いし、貴族の男性は皆あの方を狙っているわ。だから——」

「だから何だ」

冷たく言ったウォルフの顔には、はっきりと苛立ちが浮かんでいた。

すごく恐ろしかった。ウォルフの怒りではなく、自分自身の醜い感情が。

「だって、カーラ様は……」

「カーラカーラとうるさい。お前は俺と結婚したくないのか？」

凍《い》てつくほど冷たい声に、ぞっと背筋が震えた。

ウォルフの顔が見られなくて――自分の酷い顔を見せたくなくて――深く俯いた。ウォルフと結婚したいのか、したくないのか。今までずっと考えていたけれど、今ならその答えがはっきりと分かる。

――ウォルフが好きだ。

だからこそ、ウォルフとの結婚が怖い。

カーラの言う通り『本狂い』のレティシアはウォルフのためにならない。自分のことは何を言われようと構わなかった。けれど、ウォルフの足を引っ張ってしまったら――ウォルフを失望させ、嫌われてしまったら。そう考えただけで恐怖に足が竦み、涙が滲んでいた。

「……カーラ様は、あなたにふさわしい方だわ」

レティシアは震える声で言った。

返ってきたのは、息苦しいほどの沈黙だった。

その静けさを埋めるように、レティシアは必死で言葉を続けた。カーラと結婚すればウォルフの祖父が喜ぶこと、王族関係者との人脈が確固になること。自分でもなぜこんなに焦って話しているのか分からない。ただこの重苦しい空気に耐えられなかった。今すぐに逃げ出したかった。臆病《おくびょう》な心が勝手に口を開かせて、見るに耐えない愛想笑いまで作らせる。

次の瞬間、ウォルフが拳《こぶし》を振り上げた。

ガシャンと鈍い音を立て、鉄の門が揺れた。重たい門を殴《なぐ》りつけたウォルフは俯いたまま動かない。

耳に痛いくらいの沈黙が落ちた。なぜだか強烈に取り返しのつかないことをした気がした。握りしめた両手の震えが止まらず、何か言おうとしたのに、喉が張り付いて声が出ない。

「……もう帰れ」

ウォルフは抑揚のない声で言った。

そして、踵を返して去っていく。全てを拒絶するような背中は、一度も振り返ることなく屋敷の中へ消えた。

第六章　愛の言葉を火にくべて

晴天の日は終わりを告げた。空は重たい雲に覆われ、吹き渡る風は湿り気を帯びていた。

レティシアは本を閉じてベンチから立ち上がった。ずっと庭にいたせいで、体がすっかり冷え切っている。腕を摩《さす》りながら風に揺れる花を眺めていると、ぱたぱたと慌ただしい足音が近付いてきた。

「レティシア様、お体が冷えますよ」

振り返れば、心配そうな顔をしたジュリが立っていた。

「今戻ろうとしていたのよ。……本当よ？」

「レティシア様はいつもそう仰《おっしゃ》いますけどね。できれば私が来るより早くお戻りいただきたいんですけど。特にこんな肌寒い日じゃ風邪を引いてしまいますよ」

ジュリは頬を膨らませて怒った。

心配してくれるジュリには申し訳なかったけれど、風邪を引くという言葉は酷く魅力的に聞こえた。もし病になれば、熱が出て体は辛《つら》くなるだろう。そうなれば、余計なことなど何も考えずに済む。

（まるで試験を嫌がる子供みたいね……）

レティシアは首を振って自虐的な考えを払った。そんな我《わ》が儘《まま》で家族やジュリたちに心配をかけてはいけない。

「ごめんね。気を付けるわ」

苦笑して、ジュリと一緒に屋敷に戻った。

厨房《ちゅうぼう》の前を通った時、奥からメイドたちの声が漏れてきた。きゃっきゃと甲高い声を上げてはしゃいでいる。いつもの他愛のないお喋《しゃべ》りらしいが、今日はひと際盛り上がっていた。メイド長に怒られないだろうかと思わず心配になる。

微笑ましく思いながら通り過ぎようとした時、その中に出てきた名前に息が止まった。

――ウォルフ様の結婚がいよいよ間近らしいわよ。

遠ざかっていく声を耳に残して、ゆっくりと歩いた。

ジュリの視線を感じた気がしたが、気付かない振りをした。居間に入って蔓草《つるくさ》模様のソファーに座る。暖炉《だんろ》に火を入れてほしいほど体が冷えていた。けれど、さすがに初夏も近い時節にそうするわけにもいかず、ジュリに温かい紅茶を頼み、ソファーの隅にあった膝掛けを肩から羽織った。

ふと膝に乗せた本を見下ろすと、三ページ目に挟んだ押し花の栞《しおり》が顔を出していた。庭で一時間読書をしても、一ページ目も先に進めなかった哀れな栞。

レティシアは深いため息を吐いた。相変わらず読書に身が入らない。読みたいのに読めない辛さは、まるで味覚を奪われてしまったかのようだ。生きていくことに支障はないけれど、とても味気なくて、寂しい。心にぽっかりと穴が開いて、世界から色彩の一部が消えてしまったみたいに、毎日が虚しかった。

――でも、そう感じるのは本当に読書ができないせいだろうか。

「レティシア様」

ぼんやりしていた時、扉の向こうからノックと呼び声が聞こえた。その場に立ったまま、流れるように入るように言うとすぐに執事のバートが現れた。その場に立ったまま、流れるような動きで頭を下げる。

「お客様が来ております。ご面会をご希望されておりますが、いかがいたしますか？」

レティシアは目を見開き、勢いよく立ち上がった。

「だ、誰？　誰が来ているの？」

「ハロルド・ベックウィズ様です」

途端に力が抜け、レティシアは「通して」と小さい声で言った。

バートはレティシアの様子を心配そうに見ていたが、何も言わずにハロルドの元へ向かった。有能な執事はこういう時にも有り難《がた》かった。

どさりとソファーに座り直す。床に落ちていた膝掛けを畳んでいると、すぐにハロルドがやってきた。

「やぁ、久しぶり」

無邪気に笑って、レティシアが促すより先に向かいのソファーに腰を下ろす。

この人はすごいな、としみじみ思ってしまった。今日が二回目の出会いだというのに、にこやかな態度も図々《ずうずう》しさも昔からの友人のようだった。それが押しつけがましくなく、すんなりと自然に馴染《なじ》んでしまうのがさらにすごい。

「お久しぶりです、ハロルド様。今日はお兄様に会いに来られたんですか？」

「いや、君に会いに来たんだよ。ウォルフとの婚約がなくなったんだって？」

小首を傾げたハロルドはやっぱり無邪気だった。

あまりにも突然、予想外のところから言われたものだから、レティシアは口を開けたまま硬直した。その態度で何かを察したのか、ハロルドは「ふむ」と頷いた。

「その様子だとまだ婚約破棄したわけじゃないのか。こいつは失敬。君のところも中々複雑だね」

「あの……どうして婚約破棄だと思ったんですか？」

恐る恐る尋ねる。

口ごもるかと思えば、ハロルドは躊躇なく答えた。

「ノーランド公とカーラ様が婚約かって噂が流れていたからだよ。でも、その様子だとデマみたいだね」

——デマ、なのだろうか。少なくとも今は。でも、この先は？

レティシアが黙り込んでいると、ジュリが戻ってきた。バートが伝えたらしく、トレイの上にはポットと一緒に二つのカップがある。

二人分の紅茶を注ぎ、ジュリが去った後、レティシアはふいに聞くべきことを思い出した。

「ところで、ハロルド様。今日は何の御用でこちらへ？」

「だから、婚約破棄は本当なのか確認しに来たんだよ。もし本当だったら俺との結婚を改めて考えてくれないかなって思ってさ」

ハロルドは飄々《ひょうひょう》として言った。

一瞬ぎょっとしたものの、そういえば以前ハロルドから求婚されていた、と思い出した。何だかすごく遠い過去のことのようだ。あの時にウォルフがダンスに誘ってくれて、ウォルフの足を何度も踏みつけながら、二年ぶりにまともな話をしたのだ。

「婚約破棄していないのなら無駄足ふんじゃったなぁ。一雨きそうなところをわざわざ来たのにな」

「ご、ごめんなさい……」

つい謝ると、ハロルドは声を立てて笑った。

「君が謝ることじゃないだろう？」

「それは、そうですけど……」

もしかしたら本当に婚約破棄になるかもしれないことを言うべきだろうか。

レティシアはカップを両手で包みながら迷った。三日前にウォルフを怒らせてから、一度も顔を合わせていない。だからウォルフの真意は分からなったけれど、連絡が全くないことが、一つの答えのような気がした。

「あの、よかったのですか？　妹君のことをウォルフに話したようですけど……」

「ん？　ああ、構わないよ。あいつはべらべら吹聴するような人間じゃなさそうだったし」

ハロルドは笑って言った。

確かにウォルフはそんな軽い人間ではないけれど、ハロルドはそれまで面識がなかったはずだ。そんな簡単に信用してもいいのだろうか。

懐《ふところ》が深いのか、あまり深く考えていないのか、ハロルドの笑みはどちらとも取れて、他人事《ひとごと》ながら少し心配になる。

「それに、あいつ本当に怖くてさ」

「怖い？」

「俺と君が結婚すると思って怒鳴り込んできたんだよ。君と結婚するのは自分だから手を引けってさ。あれはすごい迫力だったなぁ。でもそれぐらい君が好きなんだって伝わってきたよ。愛されているね」

ハロルドはからかうように言った。

ウォルフがそんなことを――何だか物語を聞いているようにまるで現実感がなかった。でも、思えばウォルフが嵐とともに現れた日から、ずっと夢みたいな物語の中にいた気がする。

ぼんやりして、ふと我に返ると、ハロルドがじっとこちらを見ていることに気付いた。気付けばレティシアのカップはすっかり冷え切り、ハロルドは紅茶を飲み切っている。

「ご、ごめんなさい。おかわりも勧めないで……」

「君、あいつのことが好きなんだろ？」

突然言われ、レティシアはポットに手を伸ばしたまま止まった。

「気付いてないかもしれないけど、恋する乙女《おとめ》の顔をしているよ。早く結婚したらどうだい？　カーラ様との噂は事実無根だろうけど、聞いていて気分のいいものじゃないだろ？」

レティシアは顔が熱くなるのを感じた。

ウォルフへの気持ちをあっさり見抜かれてしまったことが、恥ずかしくてたまらなかった。ウォルフを散々振り回しておいて、顔には「まだ好きです」なんて書いているなんて、どれほど浅ましい人間なのだろう。

消えたくなるほどの羞恥に言い訳するように、ぽつりと言った。

「私は……ウォルフにふさわしくありません」

「もしかして『本狂い』の渾名を気にしているのかい？」

ハロルドは容赦なく、ずばりと本質をついた。

「引け目に感じるのは分かるけど、それを理由に結婚を迷ったらあいつがかわいそうだと思うよ。あいつだって君の評判は承知の上だ。それをひっくるめて守る自信があるから求婚したのに、君がそう躊躇していたら、あいつを信用してないってことだよ。それって男としたらものすごく悲しいし、情けないし、プライドが傷つくね」

「えっ……」

レティシアはぽかんとしてハロルドを見つめた。

そんな風に考えたことはなかった。ただレティシアはウォルフのことを思って身を引こうと考えていただけで、決して傷つけるつもりはなかった。

でも、本当にウォルフがそんなことで傷つくだろうか。心も肉体も強靱《きょうじん》なウォルフが弱っているところなど全く想像できない。

そう言うと、ハロルドは「分かってないなぁ」としみじみ首を振った。

「惚《ほ》れた女は唯一の弱みだよ。どんな男にとってもね。だから——何で俺が君の恋愛相談にのっているのか分からないけど——あいつにふさわしくないとか、足を引っ張るとか、そういうことは一切考える必要はないってこと。大事なのは君がどうしたいかだよ」

「でも、そんな勝手なこと……」

「勝手でいいんだよ。皆そうなんだから。あいつだって勝手に君を好きになって、勝手に俺のところに乗り込んできたんだよ？」

ハロルドは呆れたように言った。

それから、「お幸せ」にと言って出ていった。去り際に、「だめだったら俺との結婚考えておいてね」とも付け加えて。

優しいのだか、ちゃっかりしているのだか、よく分からない人だった。

レティシアは立ち上がって窓際の前に立った。いつの間にか外は雨が降り出している。強い風が小さな雨粒を弾いて、ぱらぱらと窓を打っていた。

傘がなくて大丈夫かしらと思った時に浮かんだのは、今出ていったばかりのハロルドではなくウォルフの顔だった。

我ながら薄情だなと思う。それに、ウォルフがぶらぶらと外にいるはずもない。それでも嵐の日にずぶ濡れだったウォルフを思い出すと、どうしても心配になった。あの時、ウォルフは風邪を引かなかったのだろうか。そんなことさえ聞かなかった自分が情けなく思えて、胸がつきんと痛む。

——会いたい。

ふいにそう思って、込み上げた気持ちの強さに慄《おのの》いた。

遠回しに結婚を断ったようなものなのに、心はなんて勝手なのだろう。ハロルドは勝手をしてもいいと言っていたけれど、レティシアにはとてもそんな勇気がない。ウォルフに迷惑をかけて、嫌われるのが怖い。

だけど、やっぱり会いたい。

堂々巡りだ。ぐるぐる回って心が千切れそうだった。

レティシアは窓辺に立って外を眺めた。いつの間にか雨脚が強くなり、ガラスの向こうは滝の裏側のように景色が歪んでいた。

＊　＊　＊

「まさかお前がこんなに早く身を固めるとはな」

豊かな白髭《しらひげ》を蓄えた老人は、くぐもるような笑い声を零した。

老人といっても、大柄な体軀《たいく》は活力に満ちていた。日に焼けた肌には張りがあり、まるで背中に棒を入れているかのように背筋もまっすぐ伸びている。毎日の散歩と乗馬を欠かさないせいか軟弱な若者より健脚で、隠居した今も領地のあちこちを飛び回っていた。

煮ても焼いても食えない祖父の前に立つと、まだまだ自分は若輩だと思い知らされる。

それでもひよっこと思われるのは我慢ならない。ウォルフはライティングチェアに座る祖父を見やり、持っていたワイン瓶をデスクの上に置いた。

「お前は飲まないのか？」

「これから妻に会いに行きますので」

「お前は相変わらずせっかちだな。まだ妻ではないだろう？」

「逃がすつもりはありません」

きっぱり言い切ると、祖父は呆れたように肩を竦めた。

「いずれ妻とともにご挨拶に参ります。その時はお手柔らかにお願いします」

「何を言っている。俺はお前よりも紳士だぞ。女を泣かせたことなどないからな」

祖父はにやりと目を細めて笑い皺を深めた。

これだから身内はやりづらい、と思う。子供の頃の失敗を散々見られているだけに、何を言っても格好がつかない。

それではと頭を下げ、祖父の書斎を出た。

自室に戻り手早く服を着替える。ふと窓を見ると、風雨がかなり強くなっていた。春先を過ぎれば天気も落ち着くのだが、どうも今年は荒れた日が多いようだ。腹立たしいほど鬱陶しいが、天気に文句を言っても仕方がない。ただつくづく天気に見放されているなと思う。

扉を開けて部屋を出ると、すぐ目の前にメイドが立っていた。丁度ノックをしようとしたところなのか、握った拳を掲げて驚いたように丸くしている。

「どうした」

聞くと、我に返って慌てながら言った。

「あ、あの、お客様が来ています」

「俺にか？」

ウォルフは眉を顰めた。

ここはノーランド家の別荘で、隠居した祖父の住処《すみか》として使われている。ウォルフへの客ならば本宅を訪れるはずだった。

「一体誰だ？　屋敷の者ではないのか」

「バーク家のお方です。ウォルフ様にお話があるそうなのですが……」

ウォルフは目を見開き、メイドの話を聞き終える前に走り出していた。

無駄に長い廊下がもどかしかった。茶を運んでいた執事をかわし、階段を駆け下りる。なぜあれがここに来たのかという疑問も過《よぎ》ったが、そんなことはどうでもよかった。あれがここに来た。ウォルフに会うために。その事実が胸を高鳴らせ、足がさらに速くなる。

エントランスの分厚い扉に手をかけ、勢いよく開くと、風と雨が吹き込んでウォルフの頬を打った。

その先にはフード付きの雨よけマントを羽織った者がいた。黒いマントが風に煽《あお》られ、吹き飛ばされそうになりながら立っている。ふいに風が強まって小柄な体がよろけると、ウォルフは咄嗟にその腕を握った。

「レティシア！」

叫んだ瞬間、握った腕を振り払われた。

その拍子に目深《まぶか》に被ったフードが落ちる。寒さに青ざめたトマスの顔が現れ、ぎろりとこちらを睨みつけた。

「レティはここに来ていないか？」

「は……？」

トマスがいることに動揺し、しばらく問いの意味が分からなかった。

「おい、聞いているのか？　レティはここにいないのか！」

「ちょっと待て……。訳が分からんが、レティシアはここにはいない」

「くそっ！」

トマスは舌打ちし、水滴を弾き飛ばすようにばりばりと髪を掻き回した。

ようやく回り始めた頭が、トマスが言った言葉の意味を、トマスが焦っている理由を理解し始めた。再びトマスの腕を取り、食い込むほどの力で握りしめる。

「おい、どうしてレティシアがここにいると思ったんだ」

険しい顔で聞くと、トマスは摑まれた腕を振り回しながら叫んだ。

「お前に会いに行ったからに決まっているだろ！　俺がそのことを知ったのはレティが出かけた後で、雨が強くなってきたから心配で迎えに行ったんだ。だが、ノーランド邸にお前はいなかった。レティはお前がここにいると聞いてそのまま向かったらしい」

「向かったって……この雨の中をか？」

「そうだよ！　俺もそのままレティの後を追ってここまで来たが、レティとは擦れ違わなかった」

「だが、レティシアはここに来ていない……」

二人は引きつった顔を見合わせた。

この別荘はなだらかな山腹の上に建てられている。別荘へと続く道は所々幅が狭く、道の端は崖になっている箇所もあった。

しかも、今日は雨で視界が悪い。もしも何かがあって道を外れたとしたら――最悪な想像が頭を過って、心臓が凍りついたようにぞっとした。本当に崖から落ちたのだとしたら、無事ではすまない。

走り出そうとした瞬間、突如殴りつけるような強風が吹いた。

ウォルフは舌打ちして足を踏ん張った。隣でトマスがよろめき、情けない声を上げている。それで少しだけ冷静さを取り戻した。闇雲に走り回ったところでレティシアが見つかる可能性は低い。頭を使って考えなければ――レティシアを助けるために。

頭の芯が燃えそうなほど熱かった。ウォルフはきつく唇を噛みしめると、トマスの腕を引いて屋敷に戻った。

「おい、何すんだよ！　俺はレティを探しに行くんだ！」

「当たり前だ。だが、その前に明かりがいる。もし森の中に迷い込んでいるようなら暗くて何も見えんぞ」

ウォルフは全速力で走り、倉庫部屋に飛び込んだ。

雑多なものが詰め込まれた棚からランプと蠟燭《ろうそく》を二つずつ取り出す。ランプを開けて蠟燭をさすと、胸元のポケットから出したオイルライターで火をつけた。薄暗かった部屋の中がぼんやりと明るくなり、二人の影が不安の塊のように揺らめく。片方のランプをトマスに渡した。

部屋を出るとすぐに執事を呼び、事情を話して捜索隊を作るように指示した。この屋敷の使用人は少ないが、一人でも人手が必要だ。有能な執事は取り乱すことなくすぐに頷き、「すぐに取りかかります」と言った。

「私どもはこの付近の地理を熟知しております。安心して屋敷でお待ちください」

「いや、俺もレティシアを捜しに行く。何か分かればすぐに知らせろ」

「しかし、この雨では危険です。どうかこちらでお待ちを――ウォルフ様！」

ウォルフは執事の声を振り切って屋敷を出た。

風雨はさらに勢いを増し、ウォルフの体に吹きつけた。少し走っただけであっという間に体温を奪い、手足の指先が冷えていく。

背後からばしゃばしゃと水を蹴る音が聞こえ、ちらりと振り返るとトマスが追ってきていた。マントの下は憮然とした顔をしている。

「レティが危ないっていうのに、ずいぶん冷静じゃないか」

「冷静に見えるか？」

ウォルフは辺りを見回しながら言った。

雨のせいで思った以上に視界が悪い。だが、馬車や人影らしきものはどこにもなかった。

「あいつが危険な目にあっているかもしれないんだ。そう考えただけで、頭がおかしくなりそうだよ」

「だろうな」

トマスは肩を竦めると、手にしていたマントをウォルフに差し出した。

「ほら、お前の分だ。捜索隊を指揮する冷静さはあるくせに、何でマントを忘れてくるんだ」

「雨に濡れるのは慣れているんでな」

軽口を返しながらも、礼を言ってマントを羽織った。

馬車一台が通れるほどの道は、ぬかるみと水溜《みずたま》りでひどく歩きづらかった。

右手には山頂に向かって広がる森があり、左手は急角度の傾斜になっていた。左手の方には細い木がぽつぽつと立ち、地表を覆うように下生えが群生している。

「レティシアは馬車に乗っていたのか?」

「ああ。今日の馭者はまだ若い奴なんだ。もしかしたら馬を制御できなくて暴走させたのかもしれない」

「馬車ごと傾斜に落ちたか……。それなら目立つはずなんだが」

ウォルフは傾斜に走り寄ってランプをかざした。

だが、どれだけ目を凝らしても雨に打たれる緑しか見えない。見落としがないよう二人で傾斜を睨みながら、道なりにそって歩いた。

ざあざあと雨は降り続く。それ以外の音は何も聞こえず、この道だけ世界から隔絶されたようだった。もしレティシアが隣にいたら、この雨模様をどう表現しただろう。声が聴きたいと強く思った。いや、声だけでは足りない。会いたい。抱きしめて、温《ぬく》もりを感じたい。

「くそっ、どこだ……!」

押し潰されそうな不安を、声を出して払った。

そもそもなぜレティシアは自分に会いに来たのだろう。先日屋敷の前で会った時以来、レティシアから連絡はなかった。もっとも、今までもレティシアの方から連絡が来たことは一度もないが。

トマスに何か知っているのかと聞けば、「知らん」とそっけない声が返ってきた。

「結婚をやめるとでも言いに行くつもりだったんじゃないか。最近、レティはずいぶん落ち込んでいたからな」

ウォルフは何も言えず黙り込んだ。

確かに、先日会った時のレティシアはいやにカーラとの結婚を勧めてきた。考えたくもなかったが、あれは遠回しな婚約破棄の意思だったのかもしれない。

胃が捻じれるように痛み出す。吐き気が込み上げ、必死にそれを抑えた。余計なことは考えるな、と自分に言い聞かせる。とにかく今はレティシアを捜すことだけに集中しなければならない。

「お前……」

トマスは何か言いかけたが、結局またレティシアの捜索に集中した。

どれだけ歩いても変わり映えのしない景色が続いた。焦りが次第に苛立ちへと変わった。ブーツの中に染み出してくる汚い水にも、こんなところに別荘を建てた祖父にも腹が立って仕方がなかった。

だが、一番気に入らないのは、自分自身だ。レティシアの身に危機が迫っているというのに、一体何をやっている？　どうしてすぐに見つけてやれない？

「おいっ！」

突然、先を歩いていたトマスが叫んだ。

トマスが振り返るより早く走り出し、隣に立って指さしている方を見る。傾斜の下の方、鬱蒼《うっそう》と茂る下生えの中に、白いものが僅かに顔を出していた。

ウォルフは躊躇なくそこから駆け下りた。思ったよりも急な傾斜で危うく転がりそうになったが、何とか重心を戻し、滑り落ちるような速さで走る。白いものの手前にあった木の幹に捕まり、勢いを殺して止まった。

そこにあったものは、横倒しになった馬車だった。

側面についたバーク家の家紋が泥にまみれて汚れている。馬車の中には誰もいない。転ばないようぬかるんだ地面をしっかり踏みしめ、馬車の後ろに回ると、座り込む人影があった。

「ウォルフ！　…ととぉっ！」

その時、ウォルフにぶつかるようにしてトマスが降りてきた。

トマスはウォルフの背中から顔を出すと、「あっ」と声を上げた。それに驚き、座り込んでいた人物が二人を見上げる。

「ト、トマス様……」

泣きべそをかいた顔がくしゃりと歪んだ。

まだ幼さの残る男だった。全身泥だらけで、雨に濡れて震えている。トマスは男の傍《かたわ》らに膝をつき、「うちの馭者だ」と言った。

「おい、一体何があった？　レティはどこだ？」

トマスが早口で尋ねると、男はひくっと大きくしゃくり上げた。

「山の上のお屋敷に向かっていた時、狸《たぬき》か何かが馬車の前を横切ったんです。それに驚いた馬が暴れ出して、何とか落ち着かせようとしたんですが、逆に操縦を誤ってしまって……」

「それで馬車ごと落ちたのか？」

「はい……。俺はその時の衝撃で足を挫《くじ》いてしまったんです。そうしたら、レティシアお嬢様が助けを呼んでくるからと言ってどこかへ行ってしまって……。俺はお止めしようとしたんですけど、足を挫いているから動けないし、馬も逃げてしまったし、どうしていいのか分からなくて」

「分かった分かった、落ち着け。レティは俺たちが捜すから大丈夫だ」

トマスは安心させるように男の肩を叩いた。

「レティシアはどっちの方角に向かった？」

ウォルフが聞くと、男は濡れた睫毛《まつげ》を瞬かせながらあたりを見回した。

「ええと……あちらです。お屋敷のある方に向かっていきました」

「この急斜面を登ろうとしたのか？」

「さすがにそれは無理だったので、斜面の緩やかなところを目指していったみたいです」

「じゃあ道と平行に歩いていったんだな」

ウォルフは道を見上げながら舌打ちした。

屋敷からここまで降りてきたウォルフたちが見つけられなかったということは、レティシアはどこかで迷ったか、斜面をさらに滑り落ちた可能性が高い。

だが、捜索範囲は大体絞られた。ウォルフはトマスを振り返って言った。

「トマス。お前はこいつを担いで屋敷に戻れ」

「はっ!? でも、レティを捜さないと……!」

「怪我人を放っておくわけにはいかないだろう」

トマスは反論しかけたが、先に男が叫んだ。

「お、俺は大丈夫です！ ですからお嬢様を……」

「だめだ。使用人への責任は雇い主にある。それに、どうせ屋敷には戻ってもらわないと困るんだ。捜索隊に馬車の位置と捜索範囲を知らせる必要があるからな」

二人は悔しそうな顔で黙り込んだ。

まだ納得しない二人を「時間がない」の一言で急《せ》き立て、屋敷に戻らせた。トマスが男に肩を貸し、滑る斜面をゆっくりと登っていく。彼らの背が完全に道の向こうに消えたのを確認した後、ランプを掲げ直し、斜面を横切るようにして歩き出した。

雨脚は弱まる気配もなく、枝葉に穴を開けるような勢いで降り続けた。

足元はさらにぬかるみ、何度も足を取られて転びかけた。ここでバランスを崩せば、斜面の下まで転がり落ちるだろう。レティシアがそうなったのではないかと思うと、胃の腑《ふ》のあたりが締め付けられ、焦りが一層募った。

「レティシア！　どこだ！」

叫び声は忌々《いまいま》しい雨脚にかき消された。

斜面の上と下を交互に見やり、動くものはないかと必死で目を凝らす。捜索隊も駆けつけてきたのか、遠くの方からレティシアの名を呼ぶ声が聞こえた。

だが、広大な山に対して捜索人の人数が少なすぎる。すでにレティシアは遭難した状態だ。一度戻って本宅とバーク家からありったけの人数を掻き集めるように指示すべきか——……頭ではそのタイミングだと分かっていても、どうしてもこの場を離れる決心がつかなかった。もしかしたらレティシアは近くにいるかもしれない。それを見逃してしまえば、レティシアの発見はさらに遅れてしまう。

（冷静になれ……！）

血を吐く思いで己に言い聞かせた時だった。

縺《もつ》れた足が滑った。片膝をついて倒れ込むと、丁度石に当たったらしく、鈍い痛みが走る。

「くそっ……」

舌打ちしながら顔を上げた瞬間、はっとした。

すぐ目の先の下生えが根元から倒れていた。

風や雨になぎ倒されたのではない。明らかに上から重いもので押し潰された跡だ。

その跡が斜面の下に向かって続いている。

ウォルフは勢いよく立ち上がると、今にも消えそうな細い跡を辿《たど》って走り出した。

だが、それはすぐに途切れた。また舌打ちしながら跡の先端まで行こうとした途端、踏み出した足が空を切り、急な崖を背中から滑り落ちていた。

尻を打って呻き、汚い罵《のの》り言葉を吐く。幸い大した高さはなかった。傾斜が抉れて低い崖になっていたらしい。

腰を浮かそうとした時、ウォルフは目の前に広がる鮮やかな黄色に気付いた。

一瞬、幻《まぼろし》を見たのかと思った。ウォルフは這うようにしてそれに近付いた。雨に濡れる顔を覗き込み、震える手で冷たい頬に触れる。軽く叩くと、長い睫毛が震え、瞼《まぶた》がゆっくりと開いた。

「……天使様……？」

レティシアは掠れた声で囁いた。

ウォルフは目頭が熱くなるのを感じながら、レティシアに異変がないか素早く目を走らせた。冷え切っているのか顔は青ざめ、菫色《すみれいろ》の焦点も合っていない。だが、見る限り外傷はなさそうだった。手首を取れば力強い脈も伝わってくる。

苦しいくらいの安堵《あんど》が込み上げて、ほっと深い息を吐いた。緊張が緩み、尻からどさりと崩れ落ちる。

「馬鹿が……。天使はお前だと言っただろう」

「天使が馬鹿って酷い……えっ……あ、あれ……？」

ぼんやりとした菫色の瞳が焦点を結ぶ。

ようやく目の前にいるのがウォルフだと気付いたらしく、レティシアは勢いよく上半身を起こした。

「いたっ……！」

「馬鹿っ！　いきなり体を起こすな！」

「あの、馭者が怪我しているの！　お願い、今すぐ助けを呼んで！」

レティシアはウォルフの腕にしがみついて叫んだ。

こんな時に自分よりも先に人の心配か、と思わずため息が出る。だが、お人よしのレティシアらしい。

ウォルフはマントを外すと、レティシアの肩に羽織らせながら背中を支えた。

「心配するな。そいつはトマスが屋敷に連れていった。馬の捜索は雨がおさまってからだな」

「よかった……。で、でも、どうしてお兄様が？」

「お前を捜しに来たらしい。こんな雨の日に出かけるから心配になって後を追ってきたらしいぞ」

「もう、過保護なんだから……」

レティシアが恥ずかしそうに呟く。

確かに過保護であるが、今回はトマスのおかげで助かったようなものだ。「あとで説教を覚悟しろよ」と言うと、レティシアもしゅんとして頷いた。

「ごめんなさい。ウォルフにも迷惑かけてしまったみたいで……」

「無事ならそれでいい。怪我はないか？」

「大丈夫。傾斜を登ろうとしたら滑ってしまって、ここまで落ちたの。その時にちょっと頭を打って気を失ったみたいだけど、たんこぶだけですんだわ」

「たんこぶだと？」

眉を顰めながら形のよい後頭部を撫でると、確かに少し膨らみがあった。さほど大きいものではない。痛いというので、すぐに手を離してやった。

「それより、寒いわ……」

レティシアは腕を摩ってかたかたと震えた。

いつの間にかさらに風が強くなり、濡れた体から容赦なく体温を奪っていった。見れば、レティシアの唇から赤みが消えている。

走り回って汗をかいたウォルフの体もすっかり冷え切っている。一刻も早く屋敷に戻るべきだったが、滑り落ちてきた崖は登るには高すぎた。しかも急な斜面は左右に長く伸びている。

ウォルフは舌打ちした。これ以上雨風にさらされるわけにはいかなかったが、とにかく登れそうな場所まで行くしかない。

「立てるか？」

「ええ……」

ウォルフの手を借りて立ち上がったレティシアは、多少ふらついたものの、歩く足取りはしっかりしていた。普段本ばかり読んでいる女だが、散歩が趣味で足腰は丈夫らしい。それでも腰を支えてやると、赤くなりながらも嫌がらなかった。

向かい風に押され、足元はぬかるみ、二人の歩みは重かった。

崖はずっと続いていた。ウォルフが土台になれば登れそうな場所もあったが、崖を登った先は急斜面だ。おまけにこの風と雨では、レティシアの足で道まで登るのはかなり難しいだろう。

（まずいな……）

耳を澄ませても、捜索隊の声はしない。かなり下の方まで落ちてしまったのだろうか。

舌打ちした時、先の方に茶色のものが見えた。

一瞬木の幹かと思ったが、回り込んでみると、それは小さな山小屋だった。屋根と壁は丸太で作られ、黒い煙突だけが石でできている。窓にはカーテンがかかっていて、中の様子は見えなかった。

「ウォルフ……。あのおうちにお願いして雨宿りさせてもらえないかしら？」

レティシアは震える声で言った。

ウォルフは無言で小屋の前に立つと、ノックもせずに扉を開けた。中は一間だけの簡素な作りで、奥に暖炉があり、その他は棚やテーブルなどの最低限の家具が置いてある。しばらく使われていないらしく、僅かにすえた匂《にお》いがした。

「ちょっと、ウォルフ！　勝手に入っちゃだめよ」

「心配するな。ここはノーランド家の森番の小屋だ」

そう言って、戸惑うレティシアを中に押し込む。

小屋を出て回りを一周すると、幸い裏手に薪《たきぎ》が残っていた。薪と小枝を抱えられるだけ抱えて小屋の中に戻り、暖炉の脇に置く。

背後に立つレティシアがもの言いたげな様子でこちらを見ていた。話を聞いてやりたかったが、まずは火をつけることが先決だ。暖炉の灰の上に薪を置いて小さな囲いを作ると、そこに火種、小枝の順に重ね、取り出したオイルライターで火種に火をつけた。小さな火はゆっくりと小枝に燃え移り、やがて太い薪の表面をちろちろと舐め、艶《なま》めかしく揺らめいていく。

「よし、これで大丈夫だ」

振り返ると、レティシアはぼうっとして暖炉を見つめていた。

「すごいのね……。こんなこともできるなんて知らなかった」

「別に大したことじゃない。……それより、顔が赤いぞ。風邪を引いたんじゃないだろうな」

立ち上がってレティシアの額に手を当てた。

するとレティシアはさらに赤くなって、「大丈夫だから！」と慌てた。つるりとした額はほのかに熱を持っていたが、病というほどではなさそうだ。

頬を赤くして慌てるレティシアは、たまらなく愛らしかった。――そして、それ以上に色っぽい。青白い肌に張り付く濡れた髪。体に張り付いたドレス。滑らかな肌を伝う水滴――冷えていたはずの己の体が、じわりと熱を持ってくる。

「……脱げ」

そう言うと、菫色の瞳が大きく見開かれた。

「濡れた服を着たままではさらに体が冷える。……心配するな。おかしなことはしない」

安心させるように笑み、レティシアの濡れた頭を軽く撫でた。

レティシアは複雑な顔をした。怪しまれているのかもしれない。今までレティシアにしてきたことを思えば、疑われるのも無理はないが。そもそも愛する女が傍にいて、疚《やま》しさが消えるはずがない。

これ以上妙な気持ちにならないよう、踵を返して狭い小屋をぐるりと見渡した。

壁際のベッドの上にあるブランケットを見つけ、それを手に取る。生憎他に防寒具になるようなものはなかった。ゆっくり振り返ると、暖炉の前に立つレティシアはまだドレスを着ていた。ボタンに手をかけたまま もじもじとしている。

（……あいつは俺の忍耐を試しているのか？）

単に恥ずかしいのだろうが、その恥じらう姿がどれほどそそるか分かっているのだろうか。

込み上げるものを和らげるように息を吐き、暖炉の前に戻った。途端にぴくんとレティシアの肩が跳ねる。怖がっているのかもしれないが、そんな反応すら愛らしい。

苛めて気を引いていた頃から成長がないなと思わず自嘲《じちょう》する。

「おい、ぐずぐずしていないで早くしろ」

促すと、レティシアは拗《す》ねるように唇を尖らせた。

——食らいつきたい、とその桃色の唇をじっと眺める。

「そんなことを言われても……。う、う、ウォルフはどうするの？」

「俺か？　もちろん脱ぐさ」

言うなり上着を脱ぐと、レティシアは「きゃあ！」と悲鳴を上げて背中を向けた。

「い、いきなり脱がないで！」

「ちゃんと言っただろうが。それより、俺も後ろを向いているから早くお前も脱げ」

ウォルフは手早くズボンと下着を脱いで、一糸纏わぬ姿になった。

濡れた肌が暖炉の火に当たり、じわりと温まっていく。ほっと息を吐いて下を見れば、茂みから下がっているものが僅かに硬くなっていた。

これ以上暖炉の火以外の熱がこもらないよう、そっと息を吐く。

レティシアに触れたい欲求はあった。狂おしいくらい、激しく。だが、もう二度と泣かせたくはなかった。己の欲望を抑えながら脱ぎ捨てた革のブーツを逆さに振ると、ぼたぼたと水が零れた。

恐らくこれはもう使えないだろう。ため息を吐き、暖炉の前に並べた椅子《いす》に服を掛ける。ブーツもその隣に置く。やるべきことを全てすませて、沈黙が落ちた。

薪が強く爆《は》ぜた時、背後からためらいがちな衣擦れの音がした。

ウォルフは思わず息を呑んだ。何かがしゅるしゅると滑らかな肌を滑り、どさりと床に落ちた。少し間を置いて、ぱさ、ぱさ、と軽い音が一定のリズムを刻む。壁ごしに激しい風雨が聞こえていたのに、不思議と小屋が静まり返り、衣擦れの音だけが大きく響いた。

「……脱いだわ」

レティシアの声は震えていた。

ゆっくり振り返ると、レティシアはウォルフに背中を向けて立っていた。

暖炉の火に照らされ、濡れた背中の縁が淡い輝きを帯びていた。透き通るほど白い項《うなじ》に黒髪が張り付き、髪先から宝石のような滴《しずく》が零れている。

両腕を交差させて胸を隠しているが、豊満な膨らみは背中の端からちらりと覗いていた。優美な曲線を描く腰は細く、小さな尻は赤ん坊のように丸く瑞々《みずみず》しい。局部は全て隠れているというのに、艶めかしく、エロティックで、美しかった。己がどれほどいやらしいか自覚せず、もじもじとして立つレティシアに怒りにも似た飢えを覚えた。

ウォルフはごくりと喉を鳴らすと、レティシアの背後に立った。

床に置いていたブランケットを取り上げ、大きく腕を開いて眩《まばゆ》い裸体を包み込む。

びくりと震えた体をそのまま抱き上げ、暖炉の前に座り込んだ。

「な、何!?」

「温まるだけだ。じっとしていろ」

レティシアを胡坐《あぐら》の上に乗せ、暖炉の方を向かせた。

ブランケットに包まれたレティシアは体を丸く縮こませ、石のようにがちがちになっていた。警戒されるのも無理はないが、ここまで意識されるとこちらも気を逸らせなくなる。

「心配するな。お前が嫌がるような真似はしない。……まぁ、信用できないかもしれんが」

「そ、そうじゃないの」

レティシアはあたふたと首を振ると、俯いてもごもごと言った。

「あ、あの……ウォルフはブランケットに入らないの?」

「俺は大丈夫だ。暖炉の火があれば十分だ」

「でも、それじゃ背中が冷たいままよ。このブランケットは大きいもの。二人で使えるわ」

「お前な……」

ウォルフは低く唸《うな》った、それがどういう状態になるか分かっているのだろうか。

頭を抱えていると、レティシアはいきなりばたばたと暴れ始めた。小さな尻が膝の上で揺れ、思わずぐっと喉を鳴らす。

「ウォルフが入らないなら、私もブランケットに入らないんだからっ」

「おい、暴れるな。ああもう、分かったから落ち着け。子供かお前は」

渋々降参し、ブランケットを肩から羽織ると、レティシアを自分の胸の中に包んだ。触れ合ったレティシアの体はまだひやりと冷たかった。ウォルフの鼓動も小さな尻を押し上げる硬いものにも気付いているだろうに、何か言う様子はない。ただ黒髪をかけた耳が熟した果実ように真っ赤になっている。

天井を見上げ、愛らしい耳を舐めたい衝動を抑える。手も出さず、ただくっついてどきまぎするなど、まるで初心《うぶ》な少年のようだった。

「……お前、やっぱり馬鹿だろう」

恨めしい気持ちを込めて呟けば、レティシアの真っ赤な頬がぷくりと膨れた。

「酷いわ、いきなり。何もおかしなことはしていないわ」

「おかしいから言っているんだ。大体何でこんな天気の日に来たんだ？」

尋ねると、レティシアは急に口ごもった。

「それは……」

濡れた自分の髪をきゅっと摑《つか》み、言いづらそうにもじもじする。

その姿は押し倒したくなるほど愛らしかったが、何か嫌な予感がした。経験上、約束もなしの訪問がいい知らせだったためしがないのだ。

しかも、レティシアは言いたくないことを――ウォルフが聞きたくないと思うようなこと伝えようとしている。

「あの、ウォルフとの結婚のことなんだけど」

レティシアがそう言った瞬間、心臓が大きく跳ね上がった。

その先を聞くより早く、レティシアの体を反転させ、そのまま床に押し倒す。急にぐるりと体が回ったレティシアは、目をまん丸にしたまま呆然としていた。

「な、何……？」

「許さない」

吐息に紛れた囁きは、凍りつくほどに冷え冷えとしていた。

ぞくりとレティシアの体が震える。怯えた顔が哀れで、けれど腹の底に煮えたぎる怒りを抑えることはできなかった。

「俺との結婚を取りやめるつもりだろう？　だが、残念だったな。確かに俺はお前を傷つけないと約束したが、婚約破棄は認めない。お前が泣こうが傷つこうが、それだけは絶対に許さない」

「ウォルフ……。お願い、待って。話を聞いて」

必死の懇願は口づけで封じた。

逃げる舌を舌で搦《から》めとり、強く吸い上げる。呻き声も、吐息すらも。弱弱しい抵抗は体全体で押さえつけ、細い手首を握って床に縫いとめた。

「んっ……ふっ、んんっ……！」

口を塞がれながらも、レティシアは何かを訴えようとしていた。

それを聞くつもりもなかった。口内を激しく貪り、尖らせた舌先で歯列や上顎を抉る。すでに覚えている敏感な箇所を舐め、擽り、押し上げては、溢れる唾液を飲み込んだ。

こんな時ですらレティシアのキスは甘く、頭の奥がじんと痺れ始める。

「んぅ……あ、んっ……ふっ……ぅ……」

執拗にキスを続けるうちに、押さえつけた体から力が抜けていった。

熱い口内から舌を抜き、レティシアの柔らかな唇を端から端までゆっくりと舐める。

それが気持ちいいのか、体の下で柔らかな胸がふるりと揺れた。

しっとりと濡れた唇を歯で甘噛みする。尖ったところを甘く吸い上げ、口内に含んで舌を這わす。はくはくと乱れた吐息がいとおしく、顔が見たくなってようやく唇を離した。僅かに浮いたウォルフの胸にレティシアの乳首が触れ、息が切れているせいだろうが、擦り付けるような動きをするのがたまらなかった。

「お前が俺を嫌っていることは知っている。こんなことをしたらもっと憎まれることもな。……だが、嫌われようが憎まれようが、お前が他の男のものになるよりはましだ」

「違う……違うの……だから、話を……！」

レティシアは首を振りながら叫んだ。

どうやらまだ口を塞いだ方がいいらしい。それとも訳が分からなくなるほど貫く方が早いだろうか。結局こんな風にしかレティシアを手に入れることができないのだと思うと、胸に穴が空いたような虚しさを覚えた。それでも、レティシアを手放すことはできない。

自分でもどうかしていると自覚はあった。けれど、そうと知ってもどうにもならないのが愛だ。きっとレティシアとの関係は変わってしまうだろう。一度は壊れ、ゆっくりと丁寧に繋《つな》ぎ合わせてきたものを、今またウォルフ自身の手で叩き壊そうとしている。

レティシアの顔に怒りが浮かび、ウォルフを睨みつけながら叫んだ。

「もう、この分からず屋！」

次の瞬間、額に衝撃を受けた。

目の奥が白く瞬き、視界が眩《くら》む。じわじわと痛みが広がり始めた時、ようやく頭突きを食らったのだと気付いた。

「いいから話を聞いて！」

自分も相当痛かったのか、レティシアは涙目になっていた。

ウォルフは呆然としたまま見つめ返した。まさか内気なレティシアがこんなことをするなんて、いまだに信じられない。

「私がここに来たのは謝るためよ。ウォルフの屋敷にカーラ様が来ていた時、余計なことを言ったから……」

だから、と口ごもったレティシアは、顔を真っ赤にして続けた。

「私、ウォルフが好きよ」

「…………は？」

ウォルフはぽかんと口を開けた。

頭突きの衝撃でありもしない言葉を聞いているのだろうか。そう疑って軽く首を振る。だが、聴覚以外どこも異常はない。

もう一度レティシアを見つめ返せば、レティシアは俯いたまま、泣きそうな顔をしていた。悲しいというより、恥ずかしそうに。昔初めてレティシアと出会った時、

「この字が読めないなら教えてあげる！」と声をかけてきた時の顔に似ていた。

「本当は今でもカーラ様の方がウォルフにふさわしいんじゃないかしらって思うの。カーラ様は王族の方だし、私と違って美人で社交的だし……。でも、だからって私が

ウォルフのことを好きだという気持ちはなくならなかったの。だから、その、何ていうか……私はきっと迷惑をかけてしまうし、本を読むことをやめられないけど」

でも、その、と何度も繰り返した後、レティシアは勢いよく顔を上げて言った。

「わ、私をお嫁《よめ》さんにしてくれる？」

上擦った声は、風に負けないくらい小屋中に響いた。

ウォルフは目を見開いたまま固まっていた。信じられない気持ちと信じたい気持ちが葛藤し、頭がぐらぐらする。これではまるでレティシアからのプロポーズだが――本当に？　あのレティシアが？

「……………かい」

「え？」

「もう一回言え」

「ええっ？」

「早く」

促すと、気迫に負けたレティシアは「ううう」と唸った。

「お、お、お嫁さんにして、くださ……もう、一度でいいでしょう！　すごく恥ずかしかったんだから！」

途中で爆発したレティシアは、ウォルフの肩をぽかぽかと叩いた。

途端にウォルフは震え出し、耐えきれなくなって噴き出した。

いきなり笑い出したウォルフを見つめながら、レティシアはきょとんとしている。ウォルフが笑い過ぎてむせると、はっと我に返って怒った。

「な、何で笑うのっ。ウォルフが言えっていったくせに！」

「いや、だってな……。すごい殺し文句だよ。本当に死にそうだ」

「えっ？　やっ、死んじゃだめよ！」

レティシアは真に受けて青ざめた。

それが余計におかしくて、ウォルフは声を上げて笑った。多分、こんなに笑ったのは生まれて初めてだ。むっとするレティシアには申し訳なかったが、自分の笑いに引きずられて止まらない。

面白くて――……信じられないくらい嬉しくて、頭がおかしくなったのかもしれない。

気付けば涙まで滲み始めて、指先で目元を擦った。くっきりとした視界で改めてレティシアを見つめる。――真っ赤な頬を膨らませながら涙目になって拗ねている。可愛い。やっぱり天使だ。

「大丈夫だ。お前を残して死ぬわけがない。お前との結婚は祖父も了承済みだからな」

「えっ？」

「だからノーランド家の名において、お前との結婚は決定事項だ。破談などできないぞ」

目を細めて囁くと、レティシアはぽかんとしていた。

わざわざ祖父に会いに来たのは、レティシアとの結婚を確実にするためだった。カーラから言い寄られていることも話した上で、何があろうとレティシアと結婚すると伝えた。反対するかと思えば、意外にも祖父は「お前の嫁なのだから好きなようにしろ」と笑って許してくれた。子供の頃、ウォルフがレティシアから勉強を教わったことを知っていたらしい。

「ああ、祖父から伝言だ。こんな孫に惚れられて災難なことだが、諦めて嫁になってやってくれ、だそうだ」

「えっ、あの、こちらこそ不束《ふつつか》な者ですが……」

混乱しているのか、レティシアはまるで祖父を前にしているかのように頭を下げた。ウォルフは笑いながらレティシアを抱きしめた。レティシアの全てが愛らしくてたまらない。せっかく手に入った天使を残してどうして死ねるだろう。ああでも、本当に嬉しくて死にそうだ。

幸せな矛盾に浮かれながら、ウォルフは本当に妻となる女に口づけた。

＊　＊　＊

この小屋で雨宿りを始めてから、どれほど体を重ねたのだろう。

「あっ……やぁっ……」

レティシアは背中を反らして喘ぎながら、何とか回数を数えようとした。

でも、こういう行為は一体どこからどこまでで一回とするのか――舐められただけで達してしまったし、指の愛撫だけでも絶頂を感じた。何度も貫かれ、ずっと快感の高みが続くこともあった。

そもそも、こういうことは連続でするものなのだろうか。前に性に関する本をちらりと読んだけれど、こんなに激しいものだとは書いていなかった気がする。けれど、ウォルフの体力は全く衰えなかった。むしろ行為を重ねれば重ねるほど元気になっている気がする。

「何を考えている？」

いきなり耳元で囁かれ、ぞくんと背筋が震えた。

まさかウォルフの絶倫が普通なのかどうかを考えていたとは言えず、レティシアは曖昧《あいまい》にごまかした。押し倒す前と同じように膝に乗せられているせいで、吐息が耳朶に触れて擽ったい。

「ねえ、もう……」

「ん？　また入れてほしいか？」

「ちが……あっ！」

首を振ったのに、大きな手が脇腹を滑って陰部に触れた。

人差し指と中指が秘裂をゆっくりと擦る。すでに何度も触れられ、奥にも受け入れたそこはほんのりと熱を持ち、少しの刺激でも敏感になっていた。

「ひゃっ……あん、そんな、こすっちゃ……あっ、あっ」

「少し赤くなっているな……。痛いか？」

「痛くは、ないけど……ひんっ！」

包皮に触れられ、指の腹でくるくると転がされる。

体の奥に直接快感を流し込まれるような感覚に、びくびくと腰が跳ねる。「いい眺めだ」と耳元に囁かれ、恥ずかしくてたまらなかったけれど、刺激が強くてとてもじっとしていられない。

「中も綺麗な桃色だ。さっきよりも濃くなっているな。俺の色に染めているみたいでぞくぞくするよ」

「やっ……変なこと言わな……んぁっ、あぁっ！」

包皮を捲った指が、人差し指と親指で花芯を抓んだ。

くりくりと弄られ、頭の先まで貫くような電流が走った。

ウォルフの首筋に頭を擦りつける。そこに香水をつけていたのか、いやいやと髪を振り乱し、雨と汗の香りに混じって爽やかな甘い香りがした。

「やっ……んンっ……はぁっ……あ！」

秘部への刺激に悶えている間に、もう一方の手がレティシアの胸を包み込んだ。

ウォルフの大きな手にも余る膨らみが、荒々しく揉まれて形を変える。下から持ち上げられ、さらにつんと尖った先に指が触れると、柔らかな胸の中に埋まるように押し込まれた。そのまま指を回され、放し、ぷくんと乳首が戻ったところをまた抓まれる。

「やだっ……遊ばないでっ……んぁっ」

「遊んでいない。可愛がっているだけだ」

どう違うのかと言いたかったが、胸を愛撫されると喘ぎ声にしかならなかった。

執拗に弄られた乳首は熟れた果実のようにぷっくりとしていた。そのくっきりとした赤が雪のように白い胸に映え、すごく鮮やかでいやらしい。

「可愛いな……。お前は、本当に可愛い」

うっとりとした声が耳朶に吹き込まれる。

レティシアの体がかぁっと熱くなり、高鳴る鼓動が血流を速くした。

ウォルフはレティシアの胸を揉みながら、尖らせた舌先でレティシアの耳を舐めた。

耳の輪郭から迷路のような耳殻、柔らかい耳朶へ。ぴちゃぴちゃと音を立てながら耳孔の縁をなぞると、舌先をさらに丸めて耳孔の浅い箇所を抜き差しした。

「やっ……！　それ、やぁっ……！」

くぷ、くぽ、と脳に直接響く音が淫らでたまらなかった。

舌の卑猥《ひわい》な動きが貫かれている時の動きを連想させ、ぞくぞくと背筋が震えた。太腿を擦り付け、込み上げる熱と快感を抑えようとしたけれど、身を捩るほどに昂っていく。

「お前はこんなところまで甘いな……」

「そんなわけっ……あっ、んぁ、ああっ……！」

首を振った途端、秘部にあった指が媚肉を押し上げた。

ぴたりと揃《そろ》えた人差し指と中指が、花芯から媚肉、会陰《えいん》までをゆっくり上下し、くしゅくしゅと擦る。先ほど受け入れた精液と蜜がじわりと中から染み出し、愛撫する指に絡んで、擦る部位全体に広げられていった。零れる体液がほんのりと温かいせいで、まるで粗相をしてしまったようだと恥ずかしくなる。

「うぁっ……はっ、ああっ、だめっ……！」

折り曲げた第一関節がくぷんと割れ目にかかった時、レティシアはいやいやと首を振った。

「嫌なのか？　お前はこれが好きだろう？」

耳元で囁くウォルフは笑っている。

違うと否定しても、ひくついている膣に触れられていればごまかしようがない。割れ目に潜り込んだ第一関節は内側の粘膜を擽り、ねっとりと舐めるように縁をなぞった。

「ま、待ってっ……！　さっき、したから……、その……少し、待って……」

頭がぼんやりしているせいで、うまく言葉にならない。

ウォルフははっとして愛撫の手を止めた。

「ここが痛むのか？」

「そ、そういうわけじゃないけれど……」

ただ、じわりと熱を持ち、過敏になっていた。

「ふむ……。少し休んだ方がいいか」

ウォルフは引き抜いて言った。

どうやらようやく終わりにするつもりらしい。目を閉じてほうっと息を吐くと、ウォルフがごろりと後ろに倒れた。

「ウォルフ？　……ひゃあっ！」

振り返ろうとした時、腰を摑まれてぐいっと引っ張られた。

倒れ込みそうになって床に手をつき、四つん這いのような格好になる。浮いた腰をさらに引き寄せられ、気が付けばレティシアのお尻がウォルフの顔の前にあった。

あまりに恥ずかしい体勢に顔が燃えるようだった。必死に抜け出そうとしたけれど、逞しい腕がレティシアの腰をがっしりと捕まえているせいで、びくりともしない。

「ひゃっ……やぁっ、なっ……！」

下から伸びてきた舌が、会陰をちろちろ擽った。

さっきも舐められたはずなのに、角度が違っただけで初めてのような新鮮な快楽が走った。舌先で秘裂を捲られ、内側の粘膜を舐められると、まだ膣の中に残っていた蜜がとろりと流れて舌を伝っていく。

顔から火が出るほど恥ずかしい。けど味わうような秘部への愛撫は蕩けるくらい気持ちよかった。ふいに目を開ければ、すぐ下にウォルフのものが固く屹立していた。こんなに間近で見るのは初めてで、顔から全身に燃え上がるような熱が広がっていく。

「やっ……あんっ、はぁっ、ンん……！」

突然包皮に隠されていた花芯をしゃぶられ、レティシアはお尻を跳ね上げて喘いだ。

敏感なそこを強く吸い上げられ、甘噛みされながら舌先で先端を弾かれると、腰が蕩けてしまいそうだった。割れ目からとろとろと蜜が溢れ、ウォルフは全てを飲み干そうとするように、花芯と割れ目を交互に啜っている。口に含んだ蜜を花芯に擦り付け、ぷくりと膨れたそれをしとどに濡らした。

「ふぁっ……あぁっ……！　やぁ……んっ、んぁっ……！」

全身が悦楽に浸され、溺《おぼ》れてしまいそうだった。

首を振ると、ウォルフの屹立がぺちぺちと頬に当たった。心なしか先ほどよりも大きくなっている気がした。

一体どこまで太くなるのだろう――そう考えてしまったのは、きっと熱で頭がどうかしていたせいだと思う。レティシアは息を乱しながら僅かに揺れる怒張をじっと見つめた。

改めて見れば見るほど大きくて、これが自分の中に入っていたのだとは信じられなかった。淡い珊瑚色《さんごいろ》で色味は柔らかいのに、どくどくと浮かんだ血管が生々しい。鈴口から透明なものが滲んでいて、鼻の近くを掠めると、濃い雄の香りがした。

「それが気に入ったのなら触ってみたらどうだ」

ウォルフに笑われ、はっと我に返った。

ウォルフのものを手淫《しゅいん》するなんてとてもできない。無理だと首を振ると、ウォルフは「触るだけでいい」と言った。

(それぐらいなら……)

ごくりと唾を呑み込むと、ためらいつつ怒張に手を添えた。

それはずっしりとした質量を持ち、ほのかに温かった。手触りは意外にも白樺の幹のように滑らかで、ロープのように浮き出た血管は柔らかい。

先走りで濡れた鈴口はつるりとしていた。指先でぬめりを広げてみれば、後ろの方から低い呻き声が聞こえた。思わずぴくんと震えてから、鈴口の谷間を指で辿ってみる。途端にウォルフの太腿あたりが引きつり、屹立もぶるりと震えた。

「あ……」

どきどきと胸が高鳴るのを感じながら、そっと屹立を握りしめた。

触れる程度に握ったそれをゆっくりと上下に摩る。途端に呻き声が大きくなり、濡れた吐息が聞こえた。

気持ちよくなってくれている——そう考えた途端、ウォルフに愛撫された時と同じくらい、ぞくんと甘く痺れた。

レティシアは喉を鳴らすと、さっきよりも強く手淫した。ただ上下に擦るだけの単純な動きだったけれど、ウォルフの息は徐々に乱れ始めていた。それがレティシアを興奮させ、体が昂っていく。

「先を……」

「えっ？」

「先も擦れ」

横暴な声音で言われ、操られたように従った。

どれぐらいの力ですればいいのか分からず、鈴口を指の腹で擦る。途端に先走りが漏れ、谷間から雁《かり》の方へと伝っていった。

「ウォルフ……んあっ、あぅっ！」

手淫に集中していた時、二本の指がレティシアの膣にくぷんと入ってきた。

何度もウォルフを受け入れたそこはすでにしっとりと解れ、歓喜するように骨ばった指を飲み込んだ。すでにレティシアの敏感な箇所を知り尽くした指が、熱を持った襞を擽り、中を広げ、関節の固いところでこりこりと抉る。

「ひあっ……んんっ……！　あっ、だ、だめっ……」

「ふっ……ずいぶん大胆に擦ってくれるじゃないか……っ」

ウォルフは掠れた声で囁いた。

はっとして見れば、快感を堪えるために強い力で屹立を握りしめていた。慌てて手放すと、ウォルフはゆっくりと息を吐いた。

「下手《へた》くそだな。後でじっくり教育してやる」

「そ、そんなの、いい……あっ、やんっ、ああっ！」

「遠慮するな。昔勉強を教えてもらった恩返しだ」

それのどこが恩返しなのだと思ったが、指を激しく抜き差しされたら快感で頭が真っ白になってしまった。

「すごいな……。こんなに柔らかく蕩けているくせに、指をきつく締め付けてくるぞ桃色になった尻がいやらしくてたまらないな」

「やっ……、んっ、あぁっ……そこ、やぁ……！」

指先がくにくにと奥のしこりを掠める。

柔らかくて優しい快感が心地いい——けれど、足りない。さっき何度も受け入れた膣が、もっと強い刺激を求め、切なくきゅうきゅうとうねり始める。

「ふあ……あ……」

レティシアは悶えるように首を振った。髪が乱れて、背中をぱたぱたと叩く。はしたなく揺れる尻が止まらなかった。噛みしめた唇から、ん、ん、と甘えた声が漏れてしまう。ウォルフはレティシアの懇願に気付いているだろうに、一向に指を抜こうとしない。

じれったい熱がこもっていき、全身から汗が噴き出した。熱くて苦しい。耐えられない。渦巻く欲望がレティシアの体を奪い、腰をくねらせて自分から指を引き抜いた。

悶えた拍子に屹立に頬を擦り付けてしまい、先走りがぬるりと頬を汚す。

「……もう、おねが……」

涙声で訴えると、背後で唾を呑む音がした。

「体を起こして、こちらを向け」

言われるがままに体勢を変えた。

横たわったウォルフの上に座る形になり、逞しい胸に手をついてふらふらする体を支えた。こちらを見上げるウォルフの瞳はぎらぎらと輝き、レティシアの胸に灯《とも》った欲望を強く煽った。

「尻を浮かせろ。ゆっくりでいい」

「んっ……」

腰を支えられながら、言われた通りにお尻を持ち上げた。

ウォルフが僅かに腰を揺らし、秘部に屹立の先端が押し当てられた。歓喜に震えた膣が早くそれを呑み込もうとうねり、子宮の入り口がきゅうっと甘く疼く。

「あっ、早く……！」

身体をくねらせて強請ると、武骨な手がゆっくりとレティシアの腰を下ろした。

レティシアも体重をかけ、押し当てられた鈴口がくぷくぷと膣の中を割り開いていく。すでに柔らかく解れていた中は素直に肉棒を呑み込み、さらに奥へ奥へと収斂した。

「くっ……。そんなに締め付けるな……！」

「だ、だって……あっ、んあっ、はぁ……ああ……」

互いに余裕なく腰を動かし、すぐに根元まで結合した。

レティシアは喉を反らし、天井を見上げたまま大きく息を吐いた。満たされた体が喜びに震え、甘い蜜に浸されたみたいに、体がふわふわと浮き上がりそうだった。

「すごく……きもちいい……」

うっとりとして囁く。

しばらく余韻に浸っていたかったのに、ウォルフは最奥まで押し込んだまま、ぐりぐりと腰を揺すり始めた。

途端に鮮烈な愉悦が込み上げ、膣がきつく肉棒に絡んだ。強すぎる刺激は苦しいくらいだったのに、本能はさらなる快感を求め、自ら体を上下に揺らしていた。

「んぁあっ……ふっ、あっ、あぁッ……おく、もっと、くりくりしてっ……！」

「ああ……お前の欲しがるものは、全部与えてやるっ……！」

自分が何を口走っているのかも、ウォルフが何を叫んでいるのかも分からない。

ただ激しく腰を突き上げられるまま、乳首の立った胸を大きく揺らし、悦楽に悶えた。視界はぼやけ、意識は朦朧《もうろう》としているのに、貫かれる膣の感覚だけは鮮やかだっ

た。

「あっ、そこいい……！　あんっ、あっ……ひぁっ！」

怒張の幹がごりごりと内襞を抉り、亀頭が奥深くまで貫く。

奥を責め立てられている時も意識が飛ぶほどの快感だったが、蜜を掻き出すように引き抜かれる瞬間も気持ちがよくてたまらなかった。きゅんきゅん疼く膣が脈打つ肉棒に絡み、それがどんなに太くて硬いのか、はっきりと伝えてくる。

レティシアは自ら腰を振り、豊満な胸を大きく揺らして乱れた。それがどんなにいやらしい姿なのか、全く気付いていなかった。激しく抜き差しされる結合部に泡が立ち、中から溢れた蜜が二人の茂みを濡らしていく。

「ああっ……！　んっ、あっ、あ、ああっ、ン、あっ……！」

あまりの気持ちよさに瞳の奥がちかちかと瞬いた。

産毛がちりちりするほど身体が熱い。燃え上がる全身が甘い蜜のような悦楽に満たされていく。――それなのに何かが足りなくて、身をくねらせた。

「ウォルフ……！」

気付けば、無意識のままウォルフに向かって両手を伸ばしていた。

ウォルフはレティシア自身ですら分からない願いを、すぐに察してくれた。微笑みながら上半身を起こし、レティシアの背に腕を回してきつく抱きしめた。

「あっ……」

逞しい胸は温かくて、うっとりするくらい心地よかった。

レティシアは目を閉じ、筋肉の盛り上がった肩に頬を寄せた。薄い肌を通して、どくどくと早い鼓動が遠くの方から聞こえてくる。ウォルフも興奮しているのだと思うと、すごく嬉しくて、ちょっぴり誇らしい気さえした。

「俺の奥様は甘えん坊だな」

ウォルフはレティシアの耳元でくすくす笑った。

レティシアは唇を尖らせてもじもじした。奥様、という呼び方がくすぐったくて照れくさい。今更かもしれないけれど、本当にこの人と結婚するんだという実感が湧いてきて、今まで感じたことのない喜びがレティシアの心をふわふわと酩酊させた。

「……だったら、ウォルフはエッチな旦那様ね」

思わずそう言い返した後、すぐに我に返って赤面した。

一体何を言っているのだろう。　熱に浮かされてかなりおかしくなっている。恐る恐るウォルフを見れば、目を細めてにやにやと笑っていた。

「いいな、今のは気に入った。もう一回言ってみろよ」

「い、いやよ！　もう言わないわ」

「いいから言えって」

「やだ。絶対に言わな……あっ、あんっ！」

ぷいっと顔を逸らした途端、再び腰を突き上げられた。

深いところまで抉られながら、尻の双丘を揉みしだかれる。巧みな愛撫なのに、敏感な箇所から僅かにずらされてしまうのがもどかしい。

「い、意地悪……！」

「ああ、それもいいな」

ウォルフはうっとりして言った。

レティシアは真っ赤になって「馬鹿、変態」と思いつく限りの言葉でぶつけた。けれどウォルフは怯むどころかむしろ嬉しそうな顔をして、腰の動きを速くした。心なしか、抜き差しを繰り返す陰茎までさらに太くなっている。快楽が強すぎていやいやと首を振っても、ウォルフはきつくレティシアを抱きしめたまま、動きを緩めてくれなかった。

「あっ…、あん、だめっ……もう、いく……、いっちゃうっ……！」

レティシアが叫んだ瞬間、ウォルフの手が細い腰に食い込んだ。

レティシアの体と膣が痙攣し、奥深くまで貫いていた陰茎から白濁した体液が迸る。

その熱さに目の前が真っ白になり、息をすることも忘れ、レティシアはウォルフにしがみついた。熱を持った大きな背はかすかに汗ばみ、手の平で撫でるとしっとりと吸い付くようだった。

呼吸が落ち着いた後も、レティシアはぼうっとしながらウォルフの背中を撫でた。

ウォルフは心地よさそうに目を細め、レティシアの頬にキスを落とした。まるで新婚夫婦みたいな甘い触れ合いがくすぐったくて、でもすごく嬉しかった。

レティシアはウォルフの胸に顔を埋めると、心の中でこっそりと「旦那様」と呼び掛けてみた。それだけで胸がきゅんとときめいて、顔を真っ赤にしながら、熱い胸板にぐりぐりと額を押し付ける。

「全く、お前は本当に可愛い奥様だ」

ウォルフは真顔で囁いて、レティシアの唇にそっとキスした。

エピローグ

鏡に映ったレティシアは、拝謁式の時のように純白のドレスを纏っていた。

だが、あの時のドレスよりもさらに華やかで、頭には羽根帽子の代わりにヴェールを被っている。ダイヤで揃えたネックレスとイヤリングが窓から差し込む日差しを弾き、きらきらと輝いていた。

「よく似合っているな」

そう褒めておきながら仏頂面《ぶっちょうづら》をしているのはトマスだった。

レティシアは苦笑しながら振り返った。トマスは腕を組み、まるでこれから仇討《かたきう》ちに向かうような気迫を帯びている。

「もう、式でその顔はやめてよ」

「これは元々の顔だ」

トマスは眉間の皺を深めて言った。

嘘ばっかりと思ったけれど、トマスの瞳の奥に切なさがちらりと見えて黙り込んだ。

確かに過保護な兄だけれど、それくらいレティシアを大切にしてくれたことは、今までもこれからもずっと感謝している。

「……お兄様、ありがとう」

微笑みを向けると、トマスは「な、何だよ、急に」とうろたえた。

「私たちの結婚に反対していたけれど、私とウォルフのことをずっと見守っていてくれたでしょう？　それに、私が落ち込んでいる時もたくさん励ましてくれて……本当にありがとう」

「ふん。俺は今でも反対だからな」

ウォルフはむっつりしながら、何かを堪えるように鼻の根元を抓んだ。

トマスの目にかすかに浮かんだ涙は見ない振りをした。きっとトマスは知られたくないだろうし、レティシアも鼻の奥がつんと痺れて泣いてしまいそうだった。

「……幸せになれよ」

トマスは顔を逸らしたまま、ぼそりと言った。

胸が詰まり、堪えきれなくなった涙が落ちる。レティシアは「ん」と甘えたような声で頷き、頬に伝った涙を払った。

「レティシア。準備できたか？」

ノックの音に続いて、ドアの向こうからウォルフの声がした。

途端にトマスの顔が苦々しく歪む。レティシアは苦笑しながら「ええ、どうぞ」とウォルフを招いた。

「もう時間だぞ。そろそろ移動……を……」

ドアを開けて入ってきたウォルフは、レティシアを見るなり目を見開いた。

そのまま根が生えたように硬直し、じっとレティシアを見つめている。何だか恥ずかしくなって俯くと、ウォルフはようやくゆっくりと息を吐き出した。

「綺麗だ……」

そう囁くウォルフの瞳は、熱っぽく潤んでいた。

レティシアは頬が赤くなるのを感じた。結婚式用の礼装に着替えたウォルフこそ、まるで物語に出てくる王子のように美しく気品に溢れていた。軍服をベースにした黒の上着は肩に金の房飾りがつき、胸元にノーランド家の家紋が金糸で刺繍《ししゅう》されている。上等な生地で作られたマントを羽織り、銀の鎖がついたマントの留め具にはダイヤとルビーが輝いていた。

「よく似合っている。他の男に見せたくないくらい美しいな」

「な、何言っているの。結婚式なんだからそんなことできないわ」

冗談と分かっていても、ウォルフの瞳は真剣そのもので、ちょっと慌ててしまう。

「分かっているさ。だが、閉じ込めたいくらい綺麗だ……」

ウォルフは恍惚《こうこつ》とした表情を浮かべ、レティシアの頬にそっと手を添えた。ゆっくりと顔が近付いてくる。まるで魂を奪われたようにぼうっとウォルフを見つめていると、横から低い声が飛んできた。

「拝掲式の時は酷いことを言ったくせに、手の平返しもいいところだな」

レティシアははっとしてウォルフの唇を手で塞いだ。

振り返れば、ぶすりとしたトマスがこちらを睨んでいた。慌ててウォルフを押し返し、何事もなかったように取り繕う。

ウォルフはトマスの方に向き直った。トマスは一瞬殺意を込めた目でウォルフを睨みつけたが、やがて諦めたように肩を竦め、ぶすっと唇を尖らせた。

「あの時のことは本当に悪かったと思っている。もう二度とレティシアを傷つけたりはしない」

「当たり前だ。もしレティを泣かせたりしたら、またぶん殴るからな」

トマスはウォルフに向かって指を突きつけると、「ふんっ」と鼻息荒く部屋を出ていった。

レティシアはぽかんとしてウォルフを振り返った。まさか一度トマスから殴られたことがあるのだろうか。そう尋ねると、ウォルフは苦笑して言った。

「お前に謝るために通っていた時期があっただろう？　その時に腹を殴られた」

「そんな……どうして話してくれなかったの？」

「受けるべき罰だったからな。あれぐらいで済ませてくれたんだから、あいつも甘いというか、優しいな」

ウォルフは痛みを思い出したように腹を摩った。

そんなことがあったなんて知らなかった。思えば、ウォルフは秘密にしていることが多い。トマスとの喧嘩もそうだし、カーラとのことも話してくれなかった。

「これからはきちんと話して。カーラ様とのことだって、教えてくれれば変な風に考えなかったのよ」

「あれは……ちゃんと言っただろうが」

ウォルフはばつが悪そうな顔で言った。

確かに話してくれたが、それは大分後になってからだ。多分余計な心配をかけまいと気を遣ってくれたのだろうが、話してくれない方が不安になって、余計なことを考えてしまうのだ。

「今度からはちゃんと話して。……私は、あなたの……妻、なんだし……」

慣れない言葉を使ったせいで、声が上擦ってしまった。

ウォルフは驚いたようだったが、すぐにくつくつと笑い出した。自分でもぎこちなさを自覚していただけに、恥ずかしくてたまらない。

「そうだな。これからは気を付けるとしよう。――俺の可愛い妻よ」
そう囁いたウォルフは、レティシアの顎を掬い上げ、そっと二人の唇を重ねた。
戯れのようなキスは、いつしか貪り合うような情熱的なものへと変わった。二人は
トマスが「遅い！」と怒鳴り込んでくるまで、ずっと甘いキスを続けていた。

こんにちは。親に小説を書いていることを黙っていたら、いつの間にか校正者と勘違いされていた玉木ゆらです。ちなみにまだ本当のことを言っていません。

この度は『最悪最愛の婚約者《フィアンセ》』をお手に取っていただき、ありがとうございます。

今回は「つい好きな子を虐めてしまう男子」というテーマで書いてみたのですが、いかがでしたでしょうか。小説や漫画などではよく見るシチュエーションですが、中々現実では見ないような気がします。最近の子だとどうなんでしょうね。つい虐めてしまう小学生くらいの男の子もいいですが、好きな子を前にしてそっけなくなったり、案外うまく会話したりする子も可愛いですよね。つまり初々しい恋は皆かわいい。

とはいえ、虐められている方は堪ったものではない――というのが、今回の主人公であるレティシアです。作中、本好きのレティシアがとある口説き文句について「実際はそんな訳し方をしていない」と訂正するシーンがありますが、これは有名な「月が綺麗ですね」のオマージュでした。夏目漱石が「I love you」を「月が綺麗ですね」と訳したと思っている方が多いのですが、実際に夏目漱石がそう訳したという資料はないそうです。どうして夏目漱石が訳したことになったのか不思議ですね。

私も小説やら漫画やら色々買っておりますが、去年家族が増えたこともあり、物が増えないよう電子書籍で購入することが多くなってきました。電子はすぐに買えて場合によってはセールもしているところが魅力的ですよね。思い立ったらワンクリック購入ができてしまうので、買い過ぎないよう登録したポイントで決済しています。……まぁ、ポイントがなくなったらなくなったで、「何ぃ、残りポイント十八円だとぅ？　よっしゃ一万円追加だー！」とかゲーム課金みたいなことやっているので、あんまり意味がないかもしれません。あ、ちなみに本物のゲーム課金はやったことありません。

さて、余談はこんなところにしておいて。

今回のイラストは周防佑未様に描いていただきました。格好いいけれど意地悪そうなウォルフと、内気なレティシアの可愛らしさの雰囲気がばっちり出ていて、最初のイラストラフからとても素敵でした！

担当様、今回も色々とご迷惑をおかけして申し訳ありません。これからはバックアップをちゃんと確認するようにします。なるべくパソコンも壊さないようにします。

それでは、またどこかでお会いできることを祈って。

玉木ゆら

✦✦✦✦✦✦✦✦✦✦✦✦✦✦✦✦✦✦✦✦✦✦✦✦✦

乙蜜ミルキィ文庫をお買い上げいただきありがとうございます。

この本を読んでのご意見、ご感想をお待ちしております。

〒162-0825 東京都新宿区神楽坂6-46 ローベル神楽坂ビル5F
リブレ出版(株)内 編集部

リブレ出版WEBサイトでは、本書のアンケートを受け付けております。

サイトにアクセスし、TOPページの「アンケート」から該当アンケートを選択してください。

ご協力お待ちしております。


「リブレ出版WEBサイト」http://www.libre-pub.co.jp

✦✦✦✦✦✦✦✦✦✦✦✦✦✦✦✦✦✦✦✦✦✦✦✦✦

乙蜜ミルキィ文庫

最悪最愛の婚約者《フィアンセ》

2016年 3月14日 第1刷発行

著者 玉木ゆら

発行者 太田歳子

発行所 リブレ出版株式会社
〒162-0825 東京都新宿区神楽坂6-46
ローベル神楽坂ビル
電 話 03-3235-7405(営業)
03-3235-0317(編集)
FAX 03-3235-0342(営業)

印刷・製本 株式会社暁印刷

Printed in Japan ISBN 978-4-7997-2901-4